ब्रह्मराक्षस

सूरजपाल चौहान

वाणी प्रकाशन

वाणी प्रकाशन

4695, 21-ए, दरियागंज, नयी दिल्ली 110 002

फ़ोन : +91 11 23273167 फ़ैक्स : +91 11 23275710

शाखाएँ

अशोक राजपथ, पटना 800 004, बिहार

कॉफ़ी हाउस कैम्पस, महात्मा गांधी मार्ग, इलाहाबाद 211 001, उत्तर प्रदेश

महात्मा गांधी अन्तरराष्ट्रीय हिन्दी विश्वविद्यालय, वर्धा 442 001, महाराष्ट्र

सुल्तानिया रोड, मोतिया पार्क, भोपाल 462 001, मध्य प्रदेश

www.vaniprakashan.com
marketing@vaniprakashan.in
sales@vaniprakashan.in

Brahmarakshas
by Surajpal Chauhan

ISBN : 978-93-5518-095-7
Story Collection

पेपरबैक प्रथम संस्करण 2022

मूल्य : ₹ 199

आर. टेक ऑफ़सेट प्रिंटर्स, दिल्ली-110032

वाणी प्रकाशन का लोगो मक़बूल फ़िदा हुसेन की कूची से

ब्रह्मराक्षस

उन तमाम दलित साहित्यकारों
को
जिन्होंने अपनी क़लम की
पैनी नोक से
ग़ैर-दलितों द्वारा लिखे
गप्पी-साहित्य की
पोल खोलकर रख दी।

साभार

हंस, कथादेश, युद्धरत आम आदमी,
आउटलुक (हिन्दी), इन्द्रप्रस्थ भारती, अम्बेडकर इन इंडिया,
वर्तमान साहित्य, लोकमत समाचार (हिन्दी दैनिक),
जन प्रतिबद्ध, समकालीन भारतीय साहित्य,
आजकल (हिन्दी मासिक), सन्मार्ग (हिन्दी दैनिक),
अमर उजाला (हिन्दी दैनिक)।

भूमिका

कहानी आयातित विधा है, पश्चिम से आयी है। हमारे यहाँ 'पंचतन्त्र' व 'थेरी-गाथाओं' का उल्लेख मिलता है। संस्कृत से सीधे-सीधे हिन्दी नहीं जन्मी है, बीच में काफ़ी पड़ाव आये हैं। पालि से प्राकृत-अपभ्रंश और अपभ्रंशों से हिन्दी सहित अन्य भारतीय भाषाएँ गुजराती, मराठी, बंगला, उड़िया आदि विकसित हुईं। हिन्दी का विकास लगभग 9वीं व 10वीं शताब्दी में शौरसेनी अपभ्रंश से हुआ। यूँ हिन्दी अपने आप में कुछ नहीं है। ब्रज, अवधी, बघेली, भोजपुरी इत्यादि लगभग 18 बोलियों का समूह है। शुरू-शुरू में गद्य का विकास नहीं हुआ। पद्य का ही विकास हुआ। अपभ्रंश से हिन्दी में पद्य ही आये और 'पृथ्वीराज रासो' अपभ्रंश और ब्रज के मिले-जुले रूप वाली भाषा सामने आयी और इस प्रकार लगभग 18वीं सदी तक मुख्य रूप से ब्रज भाषा ही काव्य की भाषा रही। खड़ी बोली हिन्दी गद्य का विकास हुआ नहीं था अतः 'ब्रज' भाषा के रूप में ही मानी गयी।

हिन्दी गद्य का विकास 1800 के लगभग कलकत्ते में फ़ोर्ट विलियम कॉलेज की स्थापना के बाद हुआ। प्रिंसिपल गिलक्राइस्ट ने हिन्दी (गद्य) के विकास के लिए भाषा मुंशी नियुक्त किये जो आगरा के रहने वाले श्री लल्लू लाल व बिहार के श्री सदल मिश्र थे। लल्लू लाल जी का गद्य ब्रज भाषा से, तो सदल मिश्र की बिहारी हिन्दी से प्रभावित है। हिन्दी का व्यवस्थित विकास भारतेन्दु काल में हुआ। यहीं से विधिवत रूप से नाटक, कहानी व उपन्यास जैसी गद्य विधाओं का विकास शुरू हुआ।

हिन्दी की पहली कहानी सैयद इंशाअल्ला खाँ की 'रानी केतकी की कहानी' को बताया जाता है लेकिन समीक्षकों ने इसे कहानी शैली में नहीं

माना और कहानी का विधिवत विकास द्विवेदी युग से माना। बंग महिला की कहानी 'दुलाईवाली' और रामचन्द्र शुक्ल की 'ग्यारह वर्ष का समय' को पहली कहानियाँ माना गया। कहानी का परिपक्व व प्रौढ़ स्वरूप प्रेमचन्द के साथ ही शुरू होता है। कथा-साहित्य की दृष्टि से यह स्वर्णिम काल रहा। मुंशी प्रेमचन्द को 'उपन्यास सम्राट' कहा जाने लगा। और इस तरह आज कहानी गद्य की सर्वाधिक लोकप्रिय विधा है।

मेरे समक्ष इस प्रख्यात आत्मकथाकार श्री सूरजपाल चौहान का कहानी संग्रह 'ब्रह्मराक्षस' है। 'ब्रह्मराक्षस' में 15 कहानियाँ संगृहीत हैं। हरेक भाषा के साहित्यकार की प्रवृत्तियाँ, युग के साथ परिवर्तित होती रही हैं। हिन्दी साहित्य वीरगाथाकाल, भक्तिकाल, रीतिकाल से होते हुए आधुनिक काल तक पहुँचा है। आज़ादी के बाद इस साहित्य में एक प्रवृत्ति और जुड़ी दलित लेखन की और आज इस प्रवृत्ति में हिन्दी की हर विधा में प्रचुर मात्रा व गुणवत्ता के साथ सर्जन हो रहा है और दलित लेखन हिन्दी की एक सर्वमान्य प्रवृत्ति स्वीकार कर ली गयी है।

सूरजपाल चौहान दलित साहित्य के क्षेत्र में हिन्दी के अग्रणी साहित्यकारों में गिने जाते हैं और जहाँ तक आत्मकथाओं का प्रश्न है, समूचे वाङ्मय में यदि इस समय प्रामाणिक आत्मकथाएँ लिखी गयी हैं तो वे दलित आत्मकथा ही हैं। मराठी में भी शरणकुमार लिम्बाले व उनकी आत्मकथा 'अक्करमाशी' इस क्षेत्र में शीर्ष स्थान पर है। हिन्दी में यह स्थान श्री ओमप्रकाश वाल्मीकि का है। उनकी आत्मकथा 'जूठन' एक ऐतिहासिक दस्तावेज़ है। श्री सूरजपाल चौहान का नाम इनके बाद आता है। इनकी आत्मकथाएँ 'तिरस्कृत' व 'सन्तप्त' न केवल चर्चित हैं बल्कि सर्वाधिक सत्य आधारित प्रामाणिक आत्मकथा हैं। यूँ अन्य दलित लेखकों की भी आत्मकथाएँ हैं। मोहनदास नैमिशराय की 'अपने-अपने पिंजरे', तुलसीराम की 'मुर्दहिया', डॉ. धर्मवीर की 'मैं और मेरी पत्नी' और 'भेड़िया'। लेकिन इनमें जो पूर्ण सत्य है वह सूरजपाल चौहान का ही है, शेष ने छिपाया है। शेष की आत्मकथाएँ अर्धसत्य हैं।

सूरजपाल चौहान का सारा लेखन पद्य में हो या गद्य में, भोगा हुआ है। 'आँखन देखा' लिखा साहित्य है। कबीर की परम्परा के वाहक हैं वे,

कबीर जैसे अक्खड़-फक्कड़, विद्रोही और दो टूक कहने, लिखने वाले साहित्यकार हैं, ज़्यादातर लेखन दलित समस्याओं पर ही केन्द्रित है।

इस कहानी संग्रह 'ब्रह्मराक्षस' से पूर्व भी लेखक के कहानी संग्रह छप चुके हैं और चर्चित हो चुके हैं। कहानी कथ् धातु से विकसित है। इसी से शब्द बना कथन और कहन—यानी कि 'कहन' कहानी की आत्मा है। जिसमें कहन नहीं है वो कहानी क्या है। इस दृष्टि से सूरजपाल चौहान की कहानियों में एक सोची-विचारा कहन है, कथ्य है, विषयवस्तु है। इस संग्रह की हर कहानी में यह मौजूद है।

दलितों की पहली माँग समानता है जो कि भारतीय समाज में है नहीं। वर्ण व्यवस्था के आधार पर दलितों का आज तक उत्पीड़न जारी है। आज़ादी के सत्तर वर्ष बाद भी, दलित सवर्णों द्वारा तो दलित हैं ही, 'ब्राह्मण दलितों' द्वारा भी दलित हैं। इन दोनों तरह की समस्याओं को इन कहानियों में उठाया गया है। दलितों की मूल समस्या जाति आधारित भेदभाव है, उपेक्षा है, उत्पीड़न है, चाहे दलित कितना ही पढ़ा-लिखा हो, लेकिन अनपढ़ सवर्ण के सामने वह बौना ही है। समाज में दलितों में भी अपनी समस्याएँ हैं जिनके कारण वे दलित हैं। उपजाति के आधार पर छोटा-बड़ा यहाँ भी है। पढ़-लिखे दलित अपने को दलित ही नहीं मानते। पढ़े-लिखे नौकरीशुदा दलितों का अपने परिवार से कटना आदि इन सभी समस्याओं का निरूपण है सूरजपाल चौहान की इन कहानियों में।

इस कहानी संग्रह की कहानी 'और वह जाग गयी' शिक्षाप्रद कहानी है। यह एक अनपढ़ घर-घर चौका-बर्तन करने वाली कामकाजी महिला रेखा की कहानी है। पहले तो वह झूठ बोलती रही कि वह सैनी है, मगर जब लेखक ने अपनी असलियत बतायी तो उसने भी खुलकर अपना वाल्मीकि होना क़बूल कर लिया और उसने बताया कि वाल्मीकि कहने पर उसे कोई काम नहीं देता इसलिए जाति छिपानी पड़ी। और अन्त में लेखक की प्रेरणा से अपनी बेटी का कॉलेज में दाख़िला कराने को तैयार हो जाती है, लेकिन पैसे नहीं है। लेखक स्वयं अपनी बेटी के माध्यम से उसकी बेटी का दाख़िला कराता है। बेटी के दाख़िले के लिए पैसे नहीं है लेकिन गाँव में भगवती जागरण पर हज़ारों रुपये ख़र्च कर आती है। अन्त में लेखक उसे सही मार्ग

पर लाने में सफल हो जाता है और कहानी का अन्त बड़ा ही सुखद व दिल को तसल्ली देने वाला लगता है जब रेखा कहती है—'आग लगे और भाड़ में जाये माँ भगवती और उसका जागरण'।

'हिस्से की अस्थियाँ' पढ़े-लिखे दलित रामप्रकाश और आर्थिक स्थिति के कारण बीच में ही पढ़ाई छोड़कर माता-पिता के साथ सफ़ाई के कार्य में हाथ बँटाने वाले छोटे भाई दीनू की है। माँ-बाप व भाई की अथक मेहनत के बाद रामप्रकाश अच्छी नौकरी पाने में सफल हो जाता है लेकिन जैसे ही वह शहर में पहुँचता है घर को बिल्कुल भूल जाता है। पिता की बीमारी में ग़रीब दीनू की कोई सहायता नहीं करता उलटा जब हरिद्वार में अस्थियाँ विसर्जित करने की बात आती है तो कहता है—'मरनेवाला मेरे अकेले का पिता नहीं था, तेरा भी पिता था। अस्थियाँ लेकर मेरे संग तुझे हरिद्वार चलना होगा, याद रखना, अपने आने-जाने के ख़र्च का स्वयं प्रबन्ध कर लेना, मेरे बूते मत रहना। मैं अब फूटी कौड़ी तक ख़र्च न करूँगा।' ये पढ़े-लिखे लोगों की अपनी जड़ों से कटने की कहानी है। पढ़े-लिखे रामप्रकाश पाखण्डी से ज़्यादा तो उसका अनपढ़ भाई दीनू ही अच्छा है। वह तर्क देते हुए कहता है—'मेरे लिए गंगा और नीम नदी में कोई अन्तर नहीं, नदी सब एक जैसी हैं। तुमने जीते-जी तो पिताजी की सुध न ली और अब चले गंगा नदी में अस्थियाँ बहाने।' 'भइया, बाबासाहेब ने सच ही कहा था कि उन्हें समाज में पढ़े-लिखे लोगों ने ही धोखा दिया।' कहानी का उत्कर्ष है।

'तीन क़िस्से' कहानी के तीनों क़िस्से दलितों की कथनी और करनी को व्यक्त करते हैं। पहले में लेखक तो अम्बेडकरी विचारधारा की बात करता है और पत्नी सन्तोषी माता का व्रत रखती है। दूसरे क़िस्से का नायक एक दलित पत्रिका का सम्पादक है। दलित लेखन को ज़्यादा महत्त्व देता है। लेकिन बेटी की शादी हिन्दुओं की तरह पूरे ढोंग, पाखण्ड, दिखावों व कुरीतियों के साथ करता है। तीसरा क़िस्सा दलितों के अन्दर बुरी तरह से व्याप्त उपजातीय भेदभाव को दर्शाता है जोकि हक़ीक़त है। आई.आई.टी. गेट पर सूअर का मांस बेचने वाला कसाई लेखक के पूछने पर कि 'क्या बेगमपुर की दुकान भी तुम्हारी है, वह दुकान भी आपकी इस दुकान की तरह

साफ़-सुथरी व सुन्दर है।' 'नहीं, वह हमारी नहीं दक्षिण पुरी के हरिजन की है..., बाबूजी यह खटीक की दुकान है। बेगमपुर की दुकान दक्षिणपुरी के भंगी की है। उसमें और हम में ज़मीन-आसमान का अन्तर है।' यानी कि दलितों में भी भारी भेदभाव है। खटीक भी अपने आपको अन्य दलितों से श्रेष्ठ मानता है। दलितों और ब्राह्मणों में जिस दर्जे का अन्तर है वही अन्तर यहाँ खटीक और भंगी में है। यहाँ उपजातीय विवाह की बात तो बहुत दूर की है। सवर्णों की तरह दलित भी दहेज, रिश्वत आदि कुरीतियों में न केवल विश्वास करते हैं बल्कि उन्हें अपनाने के लिए आतुर हैं। रातोरात करोड़पति होना चाहते हैं।

'बौद्धिक' कहानी में प्रख्यात लेखक प्रेमसागर इसलिए परेशान हैं कि उनका आई.ए.एस. पुत्र रिश्वत नहीं लेता।

'ब्रह्मराक्षस' इस संग्रह की केन्द्रीय कहानी है जिसके नाम पर संग्रह का शीर्षक भी है। इस कहानी में रूपायित किया गया है कि जाति का ब्रह्मराक्षस भारत में जन्म से मरण तक पीछा नहीं छोड़ता। लेखक के व्यक्तित्व व कृतित्व को देखकर पहले तो ऑफ़िस की चपरासिन मंजू लेखक से दोस्ती बढ़ा लेती है और उसके रहन-सहन को देखकर पुनर्विवाह के लिए तैयार हो जाती है। लेकिन जैसे ही उसे लेखक की जाति का पता चलता है, उसके व्यवहार को बदलने में पल की देर नहीं लगती। व्यवहार में आये परिवर्तन के बारे में जब लेखक कहता है तो मंजू कहती है कि..."सर, जब से मैंने आपके साथ आना-जाना शुरू किया है तभी से ऑफ़िस के लोगों ने बातें बनाना शुरू कर दिया है।"

"कैसी बातें?" लेखक ने पूछा।

"यही कि आजकल तुम एक चूहड़े की कार में आती-जाती हो और उसके साथ उठने-बैठने लगी हो..., तुम्हें कोई और नहीं मिला?" यानी कि चूहड़े-चमारों से अच्छे तो चोर-उचक्के, अपराधी, बलात्कारी सभी हैं। लेकिन दलितों की भी ग़लती है क्योंकि प्रेम प्रसंग के मामले में शुरुआत में ही जातिगत स्पष्टता कर देनी चाहिए ताकि दूसरा पक्ष भ्रम में न रहे। जबकि दलित ऐसा करते नहीं हैं। जब अपमानित होते हैं तब रोते हैं। ऐसे ही मैं उन दलितों को बेवकूफ़ समझता हूँ जो मन्दिर जाते हैं, जब पुजारी को

जाति मालूम होती है तो उन्हें प्रवेश तो देते नहीं उलटा अपमानित करते हैं, फिर वे दलित रोते हैं, "अरे मूर्खों, बिना मन्दिर जाये क्या रोटी नहीं पचती?" अगर ज़्यादा ही पूजा-पाठ में विश्वास करते हो तो घर में मन्दिर बना लो। डॉ. अम्बेडकर, कबीर, रविदास, ज्योतिबा फुले की मूर्ति रख लो, पूजो। किसने रोका है। 'ऊँच-नीच' कहानी भी बिल्कुल इसी विषयवस्तु पर आधारित है। यह आत्मकथात्मक कहानी है। दलित लेखकों की कहानियाँ या उपन्यास आत्मकथात्मक ही होते हैं, भोगे हुए होते हैं। मेरे विचार में दलित लेखकों की आत्मकथा कथा कम व्यथा ज़्यादा कहती हैं। यानी इन्हें 'आत्मव्यथा' कहा जाये तो ज़्यादा अच्छा है। इस कहानी में लेखक से प्रेम करने वाली टाइपिस्ट लेखक की जाति से पहले ही अवगत है लेकिन उसका मूल उद्देश्य तो इस मित्र की सम्पत्ति है। सेवानिवृत्ति के बाद नॉमिनी बनकर उनकी सम्पत्ति लेना चाहती है। असलियत तब खुलती है जब कमलेश का भाई पहले तो दलित बालिका को फुसलाता है, शादी का प्रलोभन देकर उसके साथ बलात्कार भी करता है। लेकिन जब शादी की बात आती है तो मना कर देता है। इस पर लड़की के भाई रिपोर्ट कराते हैं तो बहाना बनाकर वह हॉस्पिटल में भर्ती हो जाता है। जब लेखक महिला मित्र कमलेश से कहता है, "जब दोनों सहमत हैं तो विवाह क्यों नहीं कर लेते!"

कमलेश कहती है—"आप भी कमाल की बातें करते हो, हम किसी चूहड़ी-चमारी से अपने भाई की शादी कैसे कर दें भला...हम राजपूत हैं, राजपूत"। लेखक एकदम अर्श से फ़र्श पर आ जाता है। अब उसको समझ में आया कि कमलेश की नज़र तो उसकी सम्पत्ति पर थी, व्यक्तित्व पर नहीं।

पढ़े-लिखे नौकरीशुदा व शहरों में रह रहे दलित फैंटेसी में जीते हैं कि शहरों में तो जातिवाद है ही नहीं, कौन पूछता है यहाँ जातिवाद को। 'दो चित्र' कहानी की मुख्य पात्र श्रीमती नीलम पॉल जब भी मेरा लिखा पढ़ती तो हमेशा नाक-भौंह सिकोड़ती हुई कहती—"सर, मैं स्वयं एक दलित परिवार से सम्बन्ध रखती हूँ।...जैसा आप लिखते हैं या बात करते हैं ऐसा समाज में कुछ नहीं है। सच कहूँ आप कुछ बढ़ा-चढ़ाकर ही लिखते हैं।" लेकिन जब वह एलिजाबेथ की कहानी पढ़ती है तो असलियत समझ में आ जाती है और सवर्ण पात्र को गाली देती हुई कहती है—"देखो सर, विनोद वशिष्ठ

नाम का मक्कार व्यक्ति एलिजाबेथ नाम की महिला से इतने वर्षों तक रंगरेलियाँ मनाता रहा...जैसे ही उसे पता चला कि एलिजाबेथ के परिवार के सदस्य ईसाई धर्म अपनाने से पहले दलित जाति से सम्बन्ध रखते थे, हरामी ने उससे नाता ही तोड़ लिया।"

इसी समस्या को विस्तार से उकेरा गया है–'बादशाह बारह, वज़ीर अठारह' कहानी में। प्रधानमन्त्री जी ने सफ़ाई अभियान एक अच्छी भावना से शुरू किया कि सफ़ाई कार्य में प्रतीक रूप में भी यदि सवर्ण जुड़ते हैं तो समाज में अच्छा सन्देश जायेगा। लेकिन यह मात्र दिखावा बनकर रह गया। सफ़ाई अभियान के दौरान सवर्ण अफ़सर केवल हाथ में झाड़ू लेकर फ़ोटो खिंचवा लेते हैं। असली झाड़ू तो यहाँ भी दलित अधिकारी व कर्मचारी ही लगाते हैं। इस कहानी के माध्यम से लेखक ने यह दर्शाया है कि एक तो जातिवाद केवल निम्न तबके या अनपढ़ लोगों के बीच ही नहीं बल्कि आई.ए.एस. व बड़े-बड़े अधिकारियों के बीच भी है। कम्पनी के दोनों सवर्ण डायरेक्टर 2 अक्टूबर को कार्यालय आते ही नहीं। एक ने अवकाश के लिए आवेदन कर दिया दूसरा आया ही नहीं। यही नहीं दलितों के प्रति तो इन लोगों में नफ़रत है ही, मुसलमानों के प्रति भी कम नहीं और मुसलमान में भी यदि निम्न जाति का रहा तो फिर तो ये पीछे गाली देने से भी नहीं चूकते। कम्पनी का अध्यक्ष अंसारी मुसलमान है। जब अध्यक्ष ने प्रशासन की दृष्टि से सामान्य प्रशासन व विधि के प्रभाग का काम सन्तोष शर्मा से लेकर निदेशक (वित्त) राकेश शर्मा को दे दिया तो इस बात से चिढ़कर सन्तोष शर्मा ने अध्यक्ष अंसारी साहब को भद्दी गाली देते हुए और झल्लाते हुए कहा था–"स्साला धीमर, निदेशक से अध्यक्ष बना है तबसे ज़्यादा ही बनने लगा है।" भेदभाव की हाइट है यह, सवर्ण लोगों के प्रति किस हद तक नफ़रत है।

सूरजपाल चौहान जी के इस संग्रह की सभी कहानियाँ विषयवस्तु प्रधान हैं। इनमें बाहरी सौन्दर्यशास्त्र नहीं है, बाहरी सौन्दर्यशास्त्र तो गल्पों में होता है जहाँ तिल को ताड़ और राई का पहाड़ बनाया जाता है, जो सवर्ण साहित्य में मिलता है। दलित साहित्य में मिल ही नहीं सकता। वह ठोस यथार्थ, तर्क व विज्ञानसम्मत होता है। जहाँ कथ्य कमज़ोर होता है वहीं बाहरी भाषा के

बाहरी अलंकरणों का सहारा लिया जाता है। सूरजपाल चौहान की कहानियों का कथ्य तत्त्व बहुत मज़बूत और जानदार है।

भाषा पात्र व क्षेत्रानुसार अपनायी गयी है। सूरजपाल चौहान जी का जन्म व कर्मस्थल ज़्यादातर ब्रज और खड़ी बोली का है। दोनों बोलियों के शब्द, मुहावरे व लोकोक्तियाँ पढ़ने को मिल जाती हैं। यथा 'ऊँच-नीच' कहानी का ब्रजभाषा संवाद द्रष्टव्य है—

"अरे भोपा, ओ भोपा..."

"हाँ ठाकुर साहेब, हाँ"

"हाँ के बच्चा...खटिया पे बैठो हौगो, जाई मारे घरते निकरबे में देर है गयी तोय"

इस संग्रह की सभी कहानियाँ मैंने आद्योपान्त पढ़ी हैं। सभी कहानियाँ दलित समस्याओं से रू-ब-रू कराती हैं। कई कहानियों में तो दलित समस्याओं का समाधान भी सुझाया है लेकिन दलित हैं कि अपने परम्परागत पेशे को छोड़ना ही नहीं चाहते। वे ही जातियाँ आर्थिक रूप से सम्पन्न हो सकी हैं जिन्होंने अपने पेशे को छोड़कर दूसरे पेशे अपनाये हैं। मैं जानता हूँ कि ब्राह्मणों ने इस क्षेत्र में अपने को काफ़ी बदला है, मथुरा के आसपास के ब्राह्मणों ने जब देखा कि पण्डागीरी या पुरोहिताई से सदा-सदा जीविका नहीं चल सकती तो वे व्यापार की ओर मुड़ गये। गुजरात में आकर शुरू-शुरू में ब्रज क्षेत्र के ब्राह्मणों ने सब्ज़ी और फलों की लॉरियाँ लगायीं फिर धीरे-धीरे स्थायी दुकानें ख़रीद लीं और आज स्थिति यह है कि मथुरा से गुजरात आये ब्राह्मणों के पास एक नहीं कई दुकानें हैं। दलितों से किसने मना कर दिया। बहुत बड़ा नहीं तो पानीपुरी बेचिए, सब्ज़ी बेचिए, कौन-सी बहुत ज़्यादा पूँजी चाहिए। अपने प्रान्त को छोड़िए, गृहमोह छोड़िए। मारवाड़ियों ने गृहमोह, प्रान्त मोह छोड़ दिया, पूरे संसार में छाये हुए हैं। मारवाड़ियों के पास कौन-सी ज़मीन-जायदादें थीं। उन्होंने छोटी-छोटी परचून की दुकानों से व्यापार शुरू किया और आज सभी प्रोविजन स्टोर व मॉल्स मारवाड़ियों के ही हैं। दलितों को किसने रोका ऐसा करने से। बाबा साहेब डॉ. अम्बेडकर ने भी बार-बार कहा है कि 'दलितों को गाँव छोड़ देने चाहिए, क्योंकि गाँव देश के दलितों के लिए यातना के शिविर हैं।' सचमुच भारतीय गाँव भारतीय

सभ्यता के जंग खाये स्तम्भों पर टिके हैं। जितना जल्दी हो सके दलितों को गाँव छोड़कर शहरों में बस जाना चाहिए।

दलितों की समस्याएँ मूलतः आर्थिक और सामाजिक हैं। जिस दिन दलितों की आर्थिक और सामाजिक स्थिति सुधर जायेगी सारी स्थितियाँ—धार्मिक व राजनीतिक स्वतः सुधर जायेंगी। इसके लिए दलितों को प्रथमतः शिक्षा पर ध्यान देना होगा। डॉ. अम्बेडकर को पूरा संसार मानता है और जानता है कि वे विश्व के जाने-माने पढ़े-लिखे लोगों में से एक थे इसलिए उनको ज्ञान का सागर कहा गया। 'स्वदेशे पूज्यते राजा, विद्वान सर्वत्र पूज्यते।'

दूसरा आर्थिक स्थिति को सुदृढ़ करना होगा। नीतिशतककार ने कहा भी है, 'यस्यास्ति वित्तं सः नरः कुलीनः'। इसके लिए अपने परम्परागत पेशों को छोड़कर व्यावसायिक क्षेत्र में आना होगा। तीसरा, अन्तर-उपजातीय भेदभावों को दूर करना होगा।

निष्कर्षतः मैं कह सकता हूँ कि श्री सूरजपाल चौहान का प्रस्तुत कहानी संग्रह शिल्प व कथ्य की दृष्टि से बेजोड़ है, कहीं कोई शिथिलता नहीं है। बात को सोदाहरण-सतर्क प्रमाणित किया गया है, गल्प बिल्कुल नहीं। पहले कहानी संग्रहों की तरह यह कहानी संग्रह भी चर्चित रहेगा। यह दलित साहित्य को तो समृद्ध करेगा ही, हिन्दी साहित्य सागर में भी वृद्धि करेगा।

शुभकामनाओं सहित,

—डॉ. माणिक मृगेश
अध्यक्ष
पश्चिमांचल हिन्दी प्रचार समिति

लेखक की ओर से

यह कहानी-संग्रह 'ब्रह्मराक्षस' मेरा चौथा कहानी-संग्रह है। इससे पहले 'हैरी कब आयेगा', 'नया ब्राह्मण' और 'धोखा' प्रकाशित होकर आ चुके हैं। साहित्य जगत् में मेरे इन तीनों कहानी-संग्रहों की ख़ूब चर्चा रही है और मेरे आदरणीय एवं प्रिय पाठकों ने तो दिल खोलकर मेरे समस्त लेखन का स्वागत किया है। सचमुच, हिन्दी साहित्य की दुनिया में जो आज मेरी पहचान बनी है वह मेरे प्रिय पाठकों की वजह से बनी है। मैं अपने पाठकों का बहुत-बहुत आभारी हूँ!

'हैरी कब आयेगा', 'नया ब्राह्मण' और 'धोखा' कहानी-संग्रहों में से कई कहानियाँ जैसे—'परिवर्तन की बात', 'घाटे का सौदा', 'टिल्लू का पोता', 'छूत कर दिया', 'साज़िश', 'हंसिका फिर न आयी', 'आविष्कार' और 'बदबू' कहानियाँ देश के कई विश्वविद्यालयों में पढ़ायी जा रही हैं। कहानी-संग्रह 'नया ब्राह्मण' एस.एन.डी.टी. विश्वविद्यालय, मुम्बई के एम.ए. कोर्स में पढ़ाया जा रहा है। एक कथाकार को इससे ज़्यादा खुशी और क्या हो सकती है कि उसके द्वारा लिखी कहानियाँ व पुस्तकें देश के विभिन्न विश्वविद्यालयों में पढ़ायी जा रही हैं!

अब यह कहानी-संग्रह 'ब्रह्मराक्षस' आपके सामने प्रस्तुत है। मुझे पूरी उम्मीद है कि हमेशा की तरह मेरे सुधी पाठकगण इसे पढ़कर मेरा मार्गदर्शन करते हुए सम्बल प्रदान करेंगे। आत्मकथा में जहाँ एक सीमित परिवेश होता है, कहानियों में यह परिवेश व्यापक हो जाता है। वैसे यह बात सही है कि कथा भी आत्मकथा का एक लघु रूप ही है। विशेषकर दलित साहित्यकारों की कथा कोरी कल्पना न होकर आत्मकथा की तरह सत्य पर आधारित होती है।

मेरा एकमात्र सरोकार दलित-वर्ग की पीड़ा को वाणी देना है। दलित समाज के साथ होने वाली ज़्यादती मुझे तड़पाकर रख देती है। मुझे ही क्या सभी दलित साहित्यकार अस्पृश्यता, दलित स्त्रियों के प्रति अत्याचार, आरक्षण विरोधी आन्दोलन, वर्ण-व्यवस्था की विसंगतियों व ग़ैर-दलित लेखकों आलोचकों द्वारा दलित लेखकों के पीछे लट्ठ लेकर घूमना और मुंशी प्रेमचन्द के डण्डे से ज़बर्दस्ती हाँकना आज तक जारी है। इन्हीं सब बातों को लेकर दलित लेखकों की कलम व दृष्टि ग़ैर-दलित लेखन पर वार किये बिना चूकती नहीं है। आज आप अधिकतर ग़ैर-दलितों को कहते सुनेंगे—"अब देश में छुआछूत, ऊँच-नीच व जातिवाद की समस्या रही कहाँ है..., दलित लेखकों ने बिना बात के हाय-तौबा मचाकर बखेड़ा कर रखा है।"

अब इन्हें कौन समझाये कि छुआछूत, ऊँच-नीच व जाति-पाँति की भावना आज नये-नये रूपों में देश के दलितों के सामने आये दिन खड़ी रहती है। मैंने इस संग्रह की कहानियों में इन्हीं समस्याओं पर कलम चलाने का प्रयास किया है। लगभग दो वर्ष पहले की बात है, मेरी बिटिया मधुर मुझसे मेरे लेखन को लेकर बहस करने बैठ जाया करती थी—

"पापाजी, अब कहाँ है छुआछूत जैसी बात, मेरी सभी संग-सहेलियाँ मेरे साथ खाती-पीती और संग-संग उठती बैठती हैं..., अब आप यह सब दलित साहित्य में लिखना छोड़ दो।" उस समय मैं उसकी बातें सुन चुप्पी साध, बस मन्द-मन्द मुस्कुराकर रह गया था।

लगभग छह महीने पहले ही दिल्ली प्रशासन के स्कूल में उसकी विज्ञान अध्यापिका के पद पर तैनाती हुई है। एक रोज़ उसने अनमने मन से जो बात मुझे बतायी, सुनकर मैं संज्ञाशून्य होकर रह गया था। भर्राये गले से उसने मुझे बताया—"पापा, आप जो लिखते या कहते हो वह बात एकदम सही है, इस देश से जातिवाद कभी भी समाप्त नहीं हो सकता।"

मैंने स्नेह-भरा हाथ उसके सिर पर रखते हुए पूछा—"क्या हुआ बेटा?"

वह रुआँसी हो आयी और गले में पड़े दुपट्टे से अपने आँसू पोंछते हुए बोली—"पापा जी, स्कूल की ग़ैर-दलित टीचर्स मेरे सामने ही जाति का

ओछापन याद दिलाते हुए आपस में बतिया रही थीं—'...एक तो चमारी प्रेंसिपल स्कूल में पहले से ही थी, अब एक चूहड़ी और आ गयी'।" बात करते-करते वह फफक-फफककर रो पड़ी थी।

जाति को लेकर पढ़े-लिखे लोगों का यह हाल है तो आम जनता का कहना ही क्या है! नये-नये रूपों में छुआछूत व भेदभाव का एक और उदाहरण। मेरे कार्यालय में एक ग़ैर-दलित निदेशक (कार्मिक) की तैनाती हुई थी। उन दिनों मैं मुख्य प्रबन्धक (प्रशासन) के पद के साथ-साथ हिन्दी अधिकारी के पद का भी कार्य देख रहा था। निदेशक (कार्मिक) मेरे कार्यों से बेहद ख़ुश रहते थे। उन्हें जब यह ज्ञात हुआ कि मैं हिन्दी-साहित्य में दख़ल रखता हूँ तो वह और अधिक स्नेह मुझ पर बिखेरने लगे। कुछ दिनों बाद जैसे ही उन्हें पता चला कि मैं लेखक तो हूँ, लेकिन दलित-लेखन करता हूँ तो मेरे प्रति उनका व्यवहार एकदम से बदल गया। अब वह मुझे देखते ही भृकुटि तान लेते थे। मैं कुछ समझ नहीं पा रहा था कि बात क्या है? लेकिन उस दिन तो हद ही हो गयी। उस निदेशक ने बिना किसी कारण के मेरा तबादला मुम्बई शाखा में कर दिया। मैं उसके सामने बहुत गिड़गिड़ाया और पूछा भी—

"सर, मुझसे ऐसी क्या चूक हो गयी कि आपने मेरा तबादला मुम्बई शाखा में कर दिया।" मेरी बात सुनकर वह कुटिल मुस्कान बिखेरते हुए बोला, "शाखा में राजभाषा का काम ठीक से नहीं हो पा रहा है, इसलिए आपको वहाँ भेजा जा रहा है।"

"सर, मुम्बई शाखा में संसदीय राजभाषा समिति द्वारा एक महीने पहले ही राजभाषा के कार्य का निरीक्षण हुआ है, सर—आपके सामने राजभाषा संसदीय समिति ने हमारी मुम्बई शाखा के राजभाषा कार्य की प्रशंसा की है और अच्छे कार्य के लिए उत्तम राजभाषा शील्ड प्रदान की है।" मैंने अपना स्पष्टीकरण रखते हुए कहा था। मेरी बात सुनकर वह अपनी ऐनक उतारते और मुझे घूरते हुए बोला—"यार, मैंने कुछ सोच-समझकर ही आपको मुम्बई शाखा में ट्रांसफर किया है।" अपनी बात आगे बढ़ाते और मुँह बिचकाते हुए वह फिर बोला—

"यार, तुम तो देश के राष्ट्रपति से 'हिन्दी सेवी सम्मान' प्राप्त हो, जाओ और मुम्बई शाखा में राजभाषा का प्रसार-प्रचार करो।"

मैं क्या करता? आख़िरकार, मुझे दिल्ली से मुम्बई जाना ही पड़ा। देखा, कैसी ओछी मानसिकता है ग़ैर-दलित अधिकारियों की दलितों के प्रति। अवसर मिलते ही डसने से बाज नहीं आते!

देश को आज़ाद हुए सत्तर वर्षों से भी अधिक का समय हो गया है। जातिवाद नष्ट होने की बजाय और अधिक मज़बूती के साथ उभर कर सामने आया है। मैं अपने अनुभव के साथ कह सकता हूँ कि इस देश से जातिवाद कभी भी समाप्त नहीं हो सकता। परमपूज्य बाबा साहेब डॉ. अम्बेडकर बहुत समझदार थे। जब उन्हें अच्छी तरह से ज्ञात हो गया कि इस देश से जातिवाद कभी नहीं जा सकता या मिट सकता तभी उन्होंने सोच-समझकर धर्म परिवर्तन किया था।

आज भी इस देश के ग़ैर-दलित सच्चाई से मुँह मोड़ने में लगे हैं। अब धीरे-धीरे इन सभी का असली चेहरा खुलकर सामने आ चुका है। इतना सब कुछ होने के बाद भी हमारे दलित समाज के, विशेषकर हिन्दी क्षेत्र के, कुछ तथाकथित दलित लेखक ऐसे ग़ैर-दलितों को अपने कन्धों पर उठाये घूम रहे हैं और उनका हुक्का भरने में लगे हैं। ये ग़ैर-दलित लेखक हमारे लेखन संस्थानों में अम्बेडकरवादी होने का मुखौटा लगाकर पहले से ही घुसे हुए हैं और दलित संस्थानों को छिन्न-भिन्न करने में लगे हुए हैं। पता नहीं, हमारे युवा दलित लेखक कब गहरी नींद से जागेंगे और इनकी रणनीति को समझ सकेंगे?

जैसा कि मैं पहले ही कह चुका हूँ कि इस कथा-संग्रह 'ब्रह्मराक्षस' की सभी कहानियाँ देश की विभिन्न साहित्यिक पत्र-पत्रिकाओं में प्रकाशित होकर पहले से ही चर्चा में आ चुकी हैं। मैं अपने कुछ साहित्यिक मित्रों के प्रति आभार व्यक्त करना आवश्यक समझता हूँ। आदरणीय कँवल भारती, डॉ. सुनीता साँखरे, डॉ. सुशीला टाकभौरे, डॉ. सुधीर सागर, गीताश्री, प्रो. जे. एस. मोरे, प्रो. मोहन भण्डारे, प्रो. एम.पी. अहिरवाल, अमित कुमार (गोरखपुर), डॉ. धम्मकीर्ति, राज वाल्मीकि, डॉ. सन्तराम आर्य, सुदेश तनवर, किशोर कुमार कौशल, प्रमोद सिंह एवं राजेन्द्र प्रसाद बेनीवाल,

इन्होंने इस संग्रह की कहानियों को विभिन्न साहित्यिक पत्र-पत्रिकाओं में पढ़कर मुझे सम्बल प्रदान किया है। मैं विशेष आभार व्यक्त करना चाहूँगा देश के चर्चित कवि एवं साहित्यकार आदरणीय डॉ. माणिक मृगेश जी का जो फ़ोन पर बड़ौदा से मेरे एक बार के अनुरोध पर इस कथा-संग्रह की भूमिका लिखने को तैयार हो गये। डॉ. माणिक मृगेश जी से मेरा एकदम से अनूठा आत्मीय सम्बन्ध बना है। उनकी सेहत ठीक नहीं रहती, फिर भी उन्होंने मेरे अनुरोध को मानते और मेरे ऊपर अपना स्नेह बिखेरते हुए कथा-संग्रह की भूमिका लिखी है और कुछ महत्त्वपूर्ण सुझाव भी दिये।

अन्त में, मैं आभार प्रकट करना चाहूँगा वाणी प्रकाशन के श्री अरुण माहेश्वरी जी का जो लगातार अपना स्नेह प्रदान करते हुए मेरी पुस्तकें प्रकाशित कर रहे हैं। बहुत-बहुत धन्यवाद अरुण माहेश्वरी जी आपका!

—सूरजपाल चौहान

सी-130-ए, सेक्टर-20
नोएडा-201301 (उ.प्र.)
मोबाइल : 9711196855

अनुक्रम

हिस्से की अस्थियाँ

"मरने वाला मेरे अकेले का पिता नहीं था, तेरा भी पिता था।" रामप्रकाश ने आँखें चमकाते हुए छोटे भाई दीनू से कहा था। रामप्रकाश अब रामू से रामप्रकाश बन गया है, लेकिन दीनानाथ गाँव में रहते हुए दीनू ही बनकर रह गया था। पिता ने स्कूल तो दोनों भाइयों को भेजा था, लेकिन दीनानाथ शुरू से ही माता-पिता के संग घर के कार्यों के साथ-साथ गाँव के बसीठों के घरों में कार्य करने में हाथ बँटाता रहा। नतीजतन वह पढ़ाई में पिछड़ गया और पाँचवीं कक्षा से आगे पढ़ न सका।

आज रामप्रकाश शिक्षा पूरी कर शहर के एक सरकारी बैंक में मैनेजर के पद पर कार्यरत है। कार, सरकारी बँगला, अंग्रेज़ी स्कूलों में पढ़ते उसके बच्चे और पत्नी भी शहर के स्कूल में अध्यापिका। आधुनिक सुविधाओं से परिपूर्ण है रामप्रकाश का जीवन। अब उसका गाँव में जाना कई-कई वर्षों बाद हो पाता है।

अबकी बार लगभग तीन वर्षों के बाद गाँव में पिता के बीमार होने की ख़बर पाकर वह शहर से उन्हें देखने आया था। कैंसरग्रस्त पिता ने चार माह से अधिक समय से खाट पकड़ रखी थी। दीनू ने उनका बहुत उपचार कराया। पत्नी के गहने, दो भैंसें, और तो और खेती की पाँच बीघा ज़मीन बेचकर भी दीनू ने पिता के उपचार में लगा दी, लेकिन उन्हें बचाया नहीं जा सका।

दीनू की तो जैसे कमर ही टूट गयी। जो कुछ उसके पास था वह पिता की बीमारी पर लगा दिया। उसके ऊपर गाँव के मुखिया के चालीस हज़ार रुपये भी क़र्ज़ के हो गये थे। उसे चिन्ता खाये जा रही थी कि वह अब

मुखिया का क़र्ज़ा कैसे उतार पायेगा। सब कुछ उसके हाथ से जाता रहा। बड़े भाई ने गाँव आने से पहले पिता के इलाज के लिए रकम के नाम पर मात्र पाँच सौ रुपये भेजे थे।

दीनू से उसके बीमार पिता ने कई बार कहा था कि वह उनके इलाज में रकम न लगाये। उन्हें पता चल गया था कि वह किसी भयंकर रोग से ग्रस्त हैं। अब वह बच न सकेंगे। लेकिन दीनू ने उनके उपचार पर दिन-रात एक कर दिये। वह उन्हें लेकर दिल्ली के ऑल इंडिया इंस्टीट्यूट ऑफ़ मेडिकल साइंसेज़ भी गया, लेकिन पिता की बीमारी धीरे-धीरे भयंकर रूप लेती गयी। दीनू ने भी अन्त तक हिम्मत नहीं हारी। 'जब तक साँस, तब तक आस', वह इसी उम्मीद में था कि शायद कोई करिश्मा हो जाये और उसके पिता ठीक हो जायें। लेकिन होनी को भला कौन टाल सका है।

दोनों भाई पिता की मृत्यु के बाद तीसरे दिन चिता की राख की ढेरी से अस्थियाँ चुनने में लगे थे। तभी बड़े भाई रामप्रकाश ने फिर वही शब्द दोहराते हुए दीनू से कहा–

"...मरने वाला मेरे अकेले का बाप नहीं, तेरा भी बाप था।"

उसने अपनी बात आगे बढ़ाते हुए फिर कहा, "अस्थियाँ लेकर मेरे संग तुझे हरिद्वार चलना होगा, याद रखना, अपने आने-जाने के ख़र्च का स्वयं प्रबन्ध कर लेना, मेरे बूते मत रहना..., मैं अब फूटी कौड़ी तक ख़र्च न करूँगा।"

दीनू ने बड़े भाई की बात सुनकर कोई उत्तर नहीं दिया। वह चुपचाप चिता से अस्थियाँ चुन-चुनकर कपड़े की सफ़ेद थैली में डालता रहा। अस्थियाँ लेकर दोनों घर की ओर चल पड़े।

"तेरी भाभी और बच्चों के साथ मुझे माँ शेरावाली के दर्शन करने यात्रा पर जाना था, लेकिन इनकी बीमारी की ख़बर सुनकर..., हमारी तो यात्रा भी धरी-की-धरी रह गयी, अब न जाने कब मैया का बुलावा आयेगा।" रास्ते में गर्दन मटकाते हुए दीनू से रामप्रकाश ने कहा था।

"भइया, तुम तो कॉलेज में पढ़ते समय डॉ. बाबा साहेब की शिक्षा और बौद्ध-दर्शन की बातें करते थे, अब क्या हुआ तुम्हें?" दीनू ने अचरज व्यक्त करते हुए बड़े भाई से कहा था।

"बेकार की बातें मत न कर और मेरे मौंह मत लग..., कैसौ बौद्ध-दर्शन और कैसौ अम्बेडकर कौ उपदेश, बाबा साहेब देवी मइया या भगवान तें बड़े न हो गये ...देख—तू तो पाँचवीं पढ़कर रह गयौ, मोय देख, मैं भगवान की कृपा से कहाँ से कहाँ पहुँच गयौ।" रामप्रकाश एक रौ में बोल गया था।

दूसरे दिन सुबह होते ही रामप्रकाश नहा-धोकर हरिद्वार जाने की तैयारी में जुट गया। उसने छोटे भाई दीनू से भी साथ चलने की बात याद दिलायी और कहा, "अरे, सूरज सिर चढ़ आयौ और तू अभी तक तैयार ना हुऔ, और कितनी देर लगायेगौ, चल जल्दी से तैयार हो जा।"

दीनू बड़े भाई की बातें सुनकर कसमसा उठा था। उसने भी सीधे-सीधे कहा—"मेरी जेब में इतने पइसा न हैं कि तुम्हारे संग चल सकूँ।"

"पईसा ना हैं...अरे बाप के इलाज के नाम पर पाँच बीघा ज़मीन बेचकर खा गयौ... कहवे है कि रुपया नायँ हैं।" रामप्रकाश ने भड़कते हुए और दीनू पर आरोप लगाते हुए कहा था।

बड़े भाई की बात सुनकर दीनू तिलमिला कर रह गया। उसे अब बचपन की सारी घटनाएँ चलचित्र की भाँति एक-एक करके घूमती नज़र आ रही थीं। पिता ने किन-किन मुसीबतों का सामना करते हुए दस बीघा ज़मीन में से पाँच बीघा ज़मीन बेचकर रामप्रकाश की पढ़ाई-लिखाई में लगा दी थी। दीनू की आँखें भर आयी थीं। उसने भर्राये गले से बड़े भाई के सामने अपनी बात रखी—

"मेरे लिए गंगा और गाँव के पास बहती नीम नदी में कोई अन्तर नहीं है, नदी सभी एक जैसी...तुमने जीते जी तो पिता की सुध नहीं ली और अब चले गंगा नदी में अस्थियाँ बहाने।"

दीनू ने गले में पड़े अँगोछे के एक छोर से ढलक आये आँसुओं को पोंछते हुए अपनी बात जारी रखी—"भइया, मेरे हिस्से की पिता की अस्थियाँ पोटली से निकाल कर अलग रख दो, गाँव के निकट बह रही नीम नदी में बहा आऊँगा।"

दीनू की बातें सुनकर रामप्रकाश को जैसे साँप सूँघ गया हो। उससे कुछ बोलते नहीं बन रहा था। वह अपना मुँह खोले कि उससे पहले दीनू ने फिर कहा, "तुम पढ़-लिखकर ज़्यादा ही समझदार हो गये हो,

अब मैं क्या कहूँ, तुम कुप्रथाओं को ढोते रहो, मैं न ढोने का इन्हें।" दीनू के स्वर में इस बार तेज़ी थी।

रामप्रकाश अब सकपका कर रह गया था। वह तो यही सोचे बैठा था कि दीनू उसके सामने मुँह नहीं खोलेगा और उसकी सभी बातें मानता चला जायेगा। वह दीनू के सामने बहुत देर तक किन्तु-परन्तु करता रहा, लेकिन दीनू ने उसकी एक नहीं सुनी। कुछ देर की चुप्पी के बाद दीनू ने उसे याद दिलाते हुए फिर कहा—

"भइया, बाबा साहेब ने सच ही कहा था कि उन्हें समाज के पढ़े-लिखे लोगों ने धोखा दिया है।"

छोटे भाई के सामने रामप्रकाश गर्दन लटकाये एक ओर चला गया था।

...और वह जाग गयी

रेखा एक वर्ष से अधिक समय से मेरे घर में चौका-बर्तन का काम करने आ रही है। उसे काम पर रखते हुए मैंने जानना चाहा कि वह कहाँ रहती है, पति क्या करता है और बच्चे कौन-कौन सी कक्षाओं में पढ़ते हैं? पढ़ते भी हैं या नहीं? उसने कहा कि उसका पति साकेत के एक 'मॉल' में 'सिक्योरिटी गार्ड' का काम करता है। बड़ा बेटा ड्राइवर और छोटा बेटा एक केमिस्ट की दुकान पर लगा हुआ है। उसकी एक बेटी भी है जो बारहवीं कक्षा में पढ़ती है। मेरे पूछे बिना ही उसने अपनी साड़ी का पल्लू ठीक करते हुए अपनी जाति भी बता डाली–"सर हम सैनी हैं।"

"इससे मुझे क्या, तुम जो भी हो, मेरे घर पर तो तुम्हें काम करना है।" मैंने चाय का लम्बा घूँट गले में उतारते हुए उससे कहा था।

मेरे घर में साहित्यिक मित्रों का चाहे दलित हों या ग़ैर-दलित सभी का आना-जाना लगा रहता है। कई बार रेखा के सामने ही दलित व ग़ैर-दलित लेखकों के साथ जाति व्यवस्था को लेकर चर्चा हुई है। वह रसोईघर में रोटियाँ सेंकते हुए हमारी बातें सुनकर और मेरे बारे में जानकर आश्चर्यचकित होकर फटी-फटी आँखों से देखती और फिर अपने काम में लग जाती। एक दिन उसने हिम्मत बटोरते हुए मुझसे पूछ ही लिया–"सर, आप...किस जाति...से हो?"

पहले तो मैं उसकी बात सुनकर हक्का-बक्का रह गया, फिर अपने को सहज करते हुए मैंने उससे कहा था–"मैं भंगी जाति से हूँ, भंगी अर्थात् सफ़ाई कर्मचारी का बेटा...समझीं।" मेरा स्वर ऊँचा हो उठा था। मेरी बात सुनकर वह सकपका कर रह गयी थी। गर्दन नीचे लटकाये-लटकाये वह बुदबुदायी–

"सर आप बुरा मान गये...मेरा मतलब कुछ और था, मैं बस ऐसे ही..."

बात करते-करते वह हकलायी थी, शब्द जैसे उसके गले में अटक गये थे। थोड़ी देर की चुप्पी के बाद 'ड्राइंग रूम' की दीवार पर लगी बाबा साहेब डॉ. अम्बेडकर की फ़ोटो को निहारते हुए वह फिर बोली–"सर, यह आपके पिता की तस्वीर है क्या?"

"नहीं, यह मेरे पिता की नहीं बाबा साहेब डॉ. अम्बेडकर की फ़ोटो है।" मैंने कहा।

"अच्छा तो आप चमा...जाटव हो" चमार कहते-कहते उसने जाटव शब्द का प्रयोग किया।

"कितना जानती हो बाबा साहेब के बारे में?" मैंने उससे पूछा।

"सर, यह तुम्हारी जाति के बहुत बड़े नेता थे, अपनी जाति के सभी लोगों को पढ़ा-लिखा दिया इन्होंने...हमारे गाँव के जाटव बड़ी धूमधाम से इनकी जयन्ती मनाते हैं और इनकी मूर्ति पर फूल-मालाएँ चढ़ाकर जय भीम के नारे लगाते हैं..., सर! उस दिन ऐसा लगता है जैसे जाटवों के मोहल्ले में त्योहार हो।" वह एक रौ में अपनी बात कह गयी थी।

अब मैंने उसे विस्तार से समझाते हुए बाबा साहेब के बारे में बताया था उसे बताया कि बाबा साहेब चमार जाति के नहीं महार जाति से थे। वह जाटवों के ही नहीं देश के सभी दलितों के मुक्तिदाता हैं। उत्तर भारत के जाटव उनकी शिक्षाओं को अपनाकर आगे बढ़े हैं। इसीलिए कुछ अज्ञानी लोग उन्हें चमारों का ही नेता मानते हैं। बाबा साहेब ने ही देश का क़ानून लिखकर देश के दलितों को आरक्षण की सुविधाएँ उपलब्ध करवायी हैं। यदि वह संविधान में आरक्षण की व्यवस्था न करते तो आज मुझ जैसे व्यक्ति को सरकारी नौकरी न मिलती और न इतना अच्छा और बड़ा सरकारी घर। यदि वह दलितों के कल्याण के लिए कार्य न करते तो आज देश के दलित बेहतर स्थिति में न होते। मैं समझ रहा था कि मेरी कही बातें शायद उसकी समझ में आयी हों। उसके मुख से बस इतना ही निकला–

"अच्छा..."

रेखा के चेहरे पर आते-जाते भावों से लग रहा था कि वह बाबा साहेब के बारे में और भी विस्तार से जानना चाह रही थी। लेकिन मैंने ही आगे बात करना उचित नहीं समझा था।

उन दिनों बिटिया मधुर ससुराल से मेरे पास कुछ दिनों के लिए रहने आयी हुई थी। मौक़ा देखकर रेखा ने मधुर से भी वही सवाल किया, उस समय तो मधुर ने उसकी बात अनसुनी कर दी थी। एक-दो दिन के बाद रेखा के सामने ही मधुर ने मुझसे कहा था—"पापा, रेखा को काम पर रखते हुए आपने इसे अपने बारे में बताया नहीं था क्या?"

"क्यों, इस बात की क्या ज़रूरत थी।" मैंने समाचार-पत्र पर नज़र गड़ाये ही मधुर से कहा था।

"हमारी जाति के बारे में पूछ रही थी।" मधुर ने मुझसे कहा था। हम दोनों की बातें सुनकर अब रेखा रसोईघर से अपने हाथ में बर्तन साफ़ करने का जूना दबाये हुए 'ड्राइंग-रूम' में आकर सामने खड़ी थी। मैं उससे कुछ कहूँ कि वह तुरन्त ही दोनों हाथ जोड़कर विनम्र स्वर में बोली, "सर, जो आप हैं वही मैं भी हूँ।"

मैं उसकी कही बात को ठीक से समझ नहीं सका, उसने दोबारा वही शब्द दोहराये। मैं अब भी नहीं समझ पा रहा था। कभी मैं उसकी ओर देखता तो कभी मधुर की ओर। मैं और मधुर उसकी कही बात का अर्थ नहीं समझ पा रहे थे। रेखा नीची गर्दन किये फिर बोली, "सर, मैं भी वाल्मीकि हूँ..., आपकी ही जाति की।" वह अपनी बात एक झटके में कह गयी थी। उसने अपनी बात जारी रखते हुए फिर कहा, "सर, मुझे अब भी विश्वास नहीं हो पा रहा कि आप..., मैंने अपने घरवाले से भी आपके बारे में बताया, लेकिन वह भी सुनकर और मेरी ओर देखकर मुस्कुराकर रह गया...। मैंने उसे आपके घर में टँगी बाबा साहेब की तस्वीर के बारे में बताया तो सुनकर छूटते ही उसने कहा कि जहाँ तू काम करने जाती है वह चमार का घर है..., अम्बेडकर की फ़ोटो चमार ही अपने घरों में लगाया करते हैं..., क्या सचमुच में ही आप वाल्मीकि..." वह अब हकलाते हुए टुकड़ों में अपनी बात कह पायी थी।

अब भौंचक होने की बारी मेरी थी। मैं कहूँ भी तो क्या कहूँ? कुछ पलों की निःशब्दता को तोड़ते हुए मैंने उससे पूछा, "फिर उस दिन तुमने झूठ क्यों बोला था, क्यों अपने को सैनी जाति का बताया था..., रेखा तुम्हें झूठ नहीं बोलना चाहिए था।"

"सर, मुझे डर था कि यदि मैं आपको अपनी जाति के बारे में सच बता देती तो आप मुझे काम पर नहीं रखते..., यह जानकर कि मैं वाल्मीकि जाति से हूँ, ऊँची जाति वाले नाक-भौंह सिकोड़ते हैं, काम नहीं देते..., मेरे साथ ऐसा कई बार हुआ है, सर्वोदय एन्क्लेव की एक कोठी में दस-बारह दिनों के बाद घर की मालकिन को जैसे ही मैंने अपनी जाति बतायी, तुरन्त काम से हटा दिया..., सर—उसने दस-बारह दिन की मेरी मेहनत के पैसे तक नहीं दिये।" सहमते हुए रेखा अपने काम में लग गयी। बर्तन साफ़ करते हुए वह फिर हम दोनों बाप-बेटी की ओर देखते हुए बोली—

"सर, लाडो सराय में कोई जाट-गूजर हमारी जाति के लोगों को मकान किराये पर नहीं देता..., मेरे मकान मालिक को हमारी जाति के बारे में पता चल जाये तो वह तुरन्त ही मकान ख़ाली करवा लेगा।" यह कहते हुए उसकी आँखें डबडबा गयीं और गला रुँध गया। रेखा की बातें सुनकर मैं बहुत देर तक सोचता रहा और कुछ बोल नहीं पाया। कभी मैं बिटिया की ओर देखता तो कभी रेखा की ओर। उसके झूठ में भी कितना बड़ा सच छुपा हुआ था।

इस घटना के लगभग एक महीने बाद रसोईघर में रोटियाँ सेंकते हुए मुझसे कहा—"सर, मैं चार-पाँच दिनों के लिए गाँव जा रही हूँ, आज रात को आनन्द विहार बस-स्टैंड से बस पकड़ कर जाना होगा।"

"क्यों, अचानक क्या हुआ..., तुम्हारी बेटी का रजिस्ट्रेशन कैसे होगा, तुम्हें पता है रजिस्ट्रेशन की आख़िरी तारीख़ 18 जून है और कॉलेज में दाख़िला 26 जून से शुरू हो जायेगा।" मैंने उससे कहा था।

रेखा की लड़की पढ़ने में होशियार है। बारहवीं बोर्ड की परीक्षा उसने अच्छे अंकों से पास की है। चार विषयों में उसकी डिस्टिंक्शन आयी है।

यह बात जब उसने मुझे बतायी तो बहुत ख़ुशी हुई। मेरी अपनी बेटी मधुर की बारहवीं की परीक्षा में तीन विषयों में ही 'डिस्टिंक्शन' आयी थी, और रेखा की बेटी की चार-चार विषयों में! सच, सुनकर मैं चहक उठा था। ग़रीबों के बच्चे वैसे भी पढ़ाई में आगे नहीं बढ़ पाते, फिर दलित समाज के बच्चों की हालत तो और भी ख़राब रहती है। उन्हें पढ़ाई-लिखाई के लिए उचित वातावरण नहीं मिल पाता। ग़रीबी व कई प्रकार की सुविधाओं के

अभावों के कारण वे पिछड़ जाते हैं। मैं यह सब सोच ही रहा था कि इतने में रेखा दोनों हाथ-जोड़कर मुझसे बोली—

"सर, न तो मुझे और न मेरी बेटी को पता है कि रजिस्ट्रेशन कहाँ और कैसे होगा..., सर, आप मेरी बेटी का दाख़िला करवा दें, मैं उम्र-भर आपका अहसान मानती रहूँगी।" वह लगातार अनुरोध किये जा रही थी।

मैं सोचने में लगा था कि इस काम के लिए किसकी सहायता ली जाये। तुरन्त मुझे डॉ. अजय नावरिया की याद आयी। वह जामिया मिलिया विश्वविद्यालय में पढ़ाते हैं। मैंने उन्हें फ़ोन लगाया। उन्होंने मुझे जानकारी देते हुए बताया कि दिल्ली विश्वविद्यालय के साउथ कैम्पस में एस.सी./एस.टी. उम्मीदवारों को फ्री में फार्म मिल रहे हैं और वहीं रजिस्ट्रेशन हो रहा है। डॉ. अजय नावरिया ने अपने एक विद्यार्थी अमित कुमार से भी मेरी बात करायी थी। अमित ने मुझे और भी अच्छी तरह से समझाया था। दूसरे दिन मैंने मधुर को रेखा और उसकी बेटी नीतू के साथ साउथ कैम्पस भेजा था। उस दिन रेखा की बेटी नीतू का फार्म जमा हो गया था।

रेखा के चेहरे पर आते-जाते भावों से साफ़ पता चल रहा था कि वह ख़ुश है। उसने अब चहकते हुए अपने पूरे परिवार के साथ गाँव जाने का कारण मुझे बताया था। उसके देवर ने गाँव में माँ भगवती के जागरण का कार्यक्रम रखा हुआ है व जागरण में सम्मिलित होने के लिए रेखा पूरे परिवार के साथ गाँव जाने वाली है। ख़ैर..., वह सप्ताह-भर के लिए कहकर गाँव चली गयी थी। लेकिन उसे दस-बारह दिनों से अधिक हो गये थे। और वह गाँव से लौटी नहीं थी। जब वापस आयी तो उसके सिर पर पट्टी बँधी थी और चेहरे पर सूजन साफ़ दिख रही थी। मेरे पूछने से पहले वह स्वयं बोली—

"सर, मैं बच गयी, गाँव में छत से मेरे सिर पर ईंट आ गिरी..." सात टाँके आये हैं..., ज़ख़्म अभी कच्चा है।" वह अपनी बात एक साँस में बोल गयी थी।

रेखा की बेटी का पहली ही सूची में अरविन्द कॉलेज में नाम आ गया था। दाख़िले वाले दिन मैंने फिर मधुर को रेखा और उसकी बेटी के साथ सहायता के लिए संग भेजा था और मैं अपने ऑफ़िस के लिए निकल आया था।

सायंकाल जब मैं ऑफ़िस से घर पहुँचा तो मधुर ने हैरानी व्यक्त करते हुए मुझसे कहा—"पापा, रेखा तो अपनी बेटी के दाख़िले के लिए मात्र बारह सौ रुपये लेकर आयी थी, फीस तो सात हज़ार रुपये लगी है।" मैं मधुर की बात सुनकर हतप्रभ होकर रह गया था। मेरे मुँह से बस इतना ही निकला—"केवल बारह सौ रुपये।"

"हाँ पापा, मात्र बारह सौ रुपये..., दाख़िले की अन्तिम तारीख़ होने की वजह से कुछ किया भी नहीं जा सकता था, मैंने ही अपनी ओर से सात हज़ार का चेक जमा कराया।" मधुर की बातें सुनकर मुझे रेखा पर गुस्सा आ रहा था। फीस की पूरी रकम तो दूर उसके पास आधी रकम तक न थी। मैं मन-ही-मन सोच रहा था कि कल काम पर आयेगी तो उससे बात करूँगा। ख़ैर..., उस दिन मैंने उससे कोई बात नहीं की। बस, इतना ही कहा—

"हो गया तेरी बेटी का दाख़िला।"

"सर, दाख़िले में तो सात हज़ार रुपये लगे हैं मैं तो बारह सौ ही लायी थी और वह भी पड़ोसी से उधार..., सर-आपकी बेटी ने अपनी ओर से चेक जमा करवाया, तभी..., सर, मुझे पता न था कि दाख़िले में इतनी मोटी रकम ख़र्च होगी, मैं धीरे-धीरे करके चुका दूँगी..., मेरी पगार से काटते रहना।" मैं चुपचाप उसकी बातें सुनता रहा, कोई प्रतिक्रिया व्यक्त नहीं की।

दो-चार रोज़ के बाद एक दिन मैंने उससे अपनी स्टडी-टेबल से एक कोरा काग़ज़ और कलम उठाकर लाने को कहा। वह तुरन्त उठा लायी और मेरे हाथों में थमा कर अपने काम में लग गयी। मैंने उससे कहा कि काम बाद में करना, थोड़ी देर मेरे पास बैठो। वह बैठी तो नहीं हाँ पास आकर खड़ी हो गयी और बोली, "हाँ सा'ब कहो।"

मैंने उससे सहज भाव से विस्तार से पूछा था कि पूरे परिवार के साथ गाँव आने-जाने में उसका कुल कितना ख़र्च हुआ है? वह याद कर-करके बताती रही और मैं उसके सामने काग़ज़ पर नोट करता रहा। पूरा हिसाब लगाने पर मैंने उसे बताया कि वह साढ़े सात हज़ार रुपयों से अधिक ख़र्च करके आयी है। मैंने उसे समझाते हुए कहा कि यह ख़र्च की हुई रकम उसकी बेटी की फीस जमा कराने के काम नहीं आ सकती थी क्या?

मेरी बात सुनकर वह भौंचक होकर रह गयी थी। उससे कुछ बोलते नहीं बन रहा था। थूक को गले में सटकते व गला खँखारते हुए धीमे स्वर में बोली—

"सा'ब, जागरण वाली रात मेरे आदमी ने जागरण करने वालों को पन्द्रह सौ रुपये अलग से माता को भेंट चढ़ाये थे..., ऊपर से मेरा सिर फटने पर ढाई हज़ार इलाज पर ख़र्च हुए वह अलग।" उसने टुकड़ों में अपनी बात मेरे सामने रखी थी।

"क्या भगवती माँ ने आकर तेरी बेटी का दाख़िला कराया है या फिर उसने फीस जमा करायी है?" मैंने तेज़ स्वर में उससे कहा था। मेरी इस बात का भी कोई उत्तर उसके पास न था। बस, नीची गर्दन किये गुमसुम खड़ी रही। थोड़ी देर की चुप्पी के बाद वह बुदबुदायी—

"सर, सभी लोग पूजा-पाठ करते हैं, महामाई का गुणगान, उसके नाम का जागरण करना कोई बुरी बात है क्या?"

"नहीं, कोई बुरी बात नहीं है..., ख़ूब करो, जेब में पैसा न हो तो क़र्ज़ा लेकर करो..., बच्चों को मत पढ़ाना-लिखाना, जागरण और तीर्थयात्राएँ ही करते रहो..., अपने ख़ून-पसीने की कमाई को मठ-मन्दिरों के पण्डे-पुजारियों को चढ़ाते रहो।" मैंने व्यंग्यात्मक लहजे में कहा और अपने को संयत करते हुए सोफ़े पर जा बैठा।

मैं यह सोच ही रहा था कि अनपढ़ों को, विशेषकर दलितों को समझाना कितना कठिन कार्य है। तभी रेखा भर्राये गले से बोली—

"सर, हमें इस तरह की आँखें खोल देने वाली बातों को समझाने व बताने वाला कोई है ही नहीं, आप सही कह रहे हैं जो रकम मैं गाँव में जाकर जागरण पर ख़र्च कर आयी हूँ उसे मैं अपनी बेटी की पढ़ाई पर व उसके दाख़िले पर ख़र्च करती तो कितना अच्छा रहता।" अपने चेहरे पर निराशा का भाव लिए वह फिर बड़बड़ायी—

"आग लगे और भाड़ में जाये माँ भगवती और उसका जागरण।"

तीन क़िस्से

"डॉ. अम्बेडकर दलित साहित्य के प्रकाश-पुंज हैं, दलितों के मुक्ति संघर्ष में डॉ. अम्बेडकर की भूमिका सर्वोपरि है..., दलित समाज को जो रोशनी की किरण दिखाई देती है उसका उद्गम अम्बेडकारी विचारधारा ही है।"

हिन्दी दलित साहित्य के एक स्वयंसिद्ध ख्याति प्राप्त रचनाकार ने अपना गला खँखारते हुए अपनी बात जारी रखी–

"...अम्बेडकर विचार के बग़ैर यदि दलित-साहित्य लिखा जायेगा तो वह उसी ओर मुड़ेगा जहाँ धर्म का दलदल है। हिन्दुओं के देवी-देवताओं, ईश्वरों, भगवानों, जादू-टोनों व पाखण्ड से मुक्ति का मार्ग बाबा साहेब डॉ. अम्बेडकर की विचारधारा ही है..., आदि-आदि।" उस स्वयंसिद्ध दलित रचनाकार ने इस बार मेरे कन्धे पर अपना हाथ रखते हुए अपनी बात कही थी।

मैं कुछ बोलता कि इतने में घर के दूसरे कमरे से निकलती और अपनी साड़ी के पल्लू से हाथ पोंछती उनकी पत्नी रूखे स्वर में बोली–

"काहे का बाबा, कैसा बाबा..., फालतू की बातें बाद में करना, पहले पचास रुपये निकालो।"

"क्या करोगी पचास रुपयों का?" लेखक ने पत्नी से पूछा था।

"लो कर लो बात, तुम्हें पता नहीं है कि आज शुक्रवार का दिन है... सन्तोषी माता के मन्दिर जाकर प्रसाद चढ़ाना है और फिर चौराहे पर 'पीर बाबा' के नाम लड्डू और पेड़े भी तो चढ़ाने हैं, आज मेरा व्रत भी है..., अन्न की जगह आज मुझे फल खाकर व्रत खोलना है।"

मैं बड़ी असमंजस की स्थिति में था। कभी लेखक की ओर देखता तो कभी उनकी पत्नी के चेहरे की ओर। स्वयंसिद्ध दलित लेखक महोदय ने

पचास का नोट पत्नी की ओर बढ़ाया और दाँत निपोरे, फिर मेरी ओर भीगे कौए की तरह देखते हुए बोला—

"स्त्री-स्वतन्त्रता की बात है न..., अब मैं अपने अम्बेडकारी विचार पत्नी पर तो थोप नहीं सकता, किसी पर अपने विचार थोपना बुरी बात है न।"

मुझे उस समय कुछ सूझ नहीं रहा था। बस, उठकर उसके पास से चला आया था।

(2)

हिन्दी दलित साहित्य की एक पत्रिका के सम्पादक जब कभी भी मिलते तो बड़े ज़ोर-शोर से अम्बेडकरी साहित्य और बौद्ध-धम्म की चर्चा करते। साहित्यिक मंचों से भी वह हमेशा गला फाड़-फाड़ कर चिल्लाते रहते कि दलित समाज का भला यदि कहीं है तो वह बुद्ध-धम्म व अम्बेडकरी साहित्य में ही है। इस सम्पादक की देख-रेख में प्रकाशित उस पत्रिका के मुखपृष्ठ पर बोल्ड अक्षरों में हमेशा लिखा मिला—'अम्बेडकरी साहित्य की प्रमुख पत्रिका।'

मुझे उस सम्पादक का यह कार्य बहुत अच्छा लगा था। यही कारण था कि मैं कई वर्षों तक लगातार उसकी पत्रिका के लिए रचनाएँ भेजता रहा हूँ।

अभी कुछ दिन बीते होंगे कि उस पत्रिका के सम्पादक के पट-शिष्यों से पता चला कि उसने अपनी बेटी का विवाह बड़ी धूमधाम से हिन्दू रीति-रिवाज से किया है। मिलने पर जब मैंने उससे इस बात का ज़िक्र किया तो वह बड़ी बेशर्मी से बोला था—

"जब लड़की के लिए हिन्दुओं में सुयोग्य वर मिल गया तो हिन्दू रीति-रिवाज से विवाह करने में क्या हर्ज़ है..., और फिर यार, मंचों से बड़ी-बड़ी और ऊँची-ऊँची बातें करने में क्या फ़र्क़ पड़ता है?"

(2)

"अब चुप भी हो जाओ सर, आपकी बातें सुन-सुनकर मेरा जी ख़राब हो रहा है और मितली आ रही है..., कोई जानवर ऐसा भी है जिसका मांस न खाया हो आपने।" सूरज बड़त्या ने चर्चा के दौरान एक रोज़ मुझसे कहा था।

"छीः-छीः..., तुम कैसे आदमी हो, अपने पेट को मुर्दाघर बना रखा है।" मित्र सुदेश तनवर ने नाक-भौंह सिकोड़ते हुए कहा था।

"मुझे मांस खाने का शौक़ बचपन से ही रहा है। अब 'ब्लड-शुगर' के कारण सेहत ठीक नहीं रहती है। डॉक्टर ने साफ़ शब्दों में 'रेडिस' मांस खाने को मना कर दिया है। हाँ, चिकित्सक की सलाह के अनुसार मैं मछली या चिकन कभी-कभी खा सकता हूँ। लेकिन मेरी जीभ कहाँ मानने वाली! हमेशा ही मांस खाने के लिए लपलपाती रहती है। मित्रों के साथ सप्ताह में तीन-चार दिन 'पोर्क' (सूअर का मांस) घर में बन ही जाता है।

मेरे घर के समीप 'आई.आई.टी. गेट' व मालवीय नगर के सामने बेगमपुर की मार्केट में सूअर के मांस की दुकानें हैं। जब मन चाहा तभी किसी भी दुकान से ख़रीद कर पका लिया। यही कारण है कि अब दोनों ही दुकानों के मांस विक्रेताओं से अच्छी जान-पहचान हो गयी है।

एक दिन मैंने मांस ख़रीदते हुए बेगमपुर की दुकान वाले कसाई से पूछा—"आपकी अपनी दुकान है या किराये की?"

"सा'ब अपनी ही है।" कसाई ने कहा था।

"रहते कहाँ हो?" मैंने पूछा।

"दक्षिणपुरी।" उसने बताया।

अब मैं मांस लेकर वहाँ से चला आया था। अक्सर मेरा सूअर का मांस खाने का कार्यक्रम मित्र बृजपाल भारती के साथ ही बनता है। उस दिन भी भारती जी मेरे घर में मांस बनाने में लगे हुए थे कि तभी शाम के साढ़े सात बजे के क़रीब टेलीफ़ोन की घण्टी बजी। मैंने फ़ोन उठाया तो पता चला कि अजीत राय का फ़ोन है। उन्होंने मुझसे पूछा—

"क्या कर रहे हो और क्या कार्यक्रम है..., घर पर हो..., मैं आ जाऊँ, आपसे मिले हुए बहुत दिन हो गये हैं।"

"हाँ, घर पर ही हूँ, बृजपाल भारती भी हैं..., आ जाओ, दो-दो घूँट लगायेंगे।" मैंने फ़ोन रखते हुए कहा था।

सच में ही मुझे अजीत राय से मिले हुए दो महीने से भी अधिक समय हो गया था। मैंने उस समय उत्साह में आकर उन्हें अपने घर आने को कह तो दिया, लेकिन अब मैं बड़ी असमंजस की स्थिति में था। घर में सूअर के

मांस की तरकारी बन रही है और अजीत राय को आने के लिए कह दिया। पता नहीं कि वह यह जानकर साथ में बैठकर पीना पसन्द करें या न करें। एक बार तो बृजपाल भारती भी अकबका कर रह गये थे। मैं भी उधेड़बुन में था कि अब क्या किया जाये? तभी बृजपाल ने उपाय सुझाते हुए कहा–

"अजीत राय के लिए 'मदर डेयरी' से आधा किलो पनीर ले आओ।" उनका यह सुझाव मुझे अच्छा लगा था।

मैं तुरन्त ही अजीत राय के आने से पहले पनीर ले आया। थोड़ी ही देर बाद अजीत राय आ गये। दो-दो घूँट लगाने के बाद जब मैंने खाना परोसा तो पतीले में से उठती सुगन्ध को महसूस करते हुए अजीत राय बोले–

"क्या माल बनाया है, बहुत ही अच्छी महक आ रही है।"

"यह आज आपके लिए नहीं है, आपके लिए पनीर की सब्ज़ी अलग से पकायी है।" मैंने कहा था।

"क्यों, मेरे लिए क्यों नहीं?" उन्होंने सहज भाव से पूछा।

"आप इसे खा नहीं सकेंगे?"

"क्यों नहीं खा सकूँगा, इसमें ऐसा क्या है?"

"यह सूअर के मांस की बनी तरकारी है।" मैंने झेंपते हुए अजीत राय से कहा था।

उन्होंने अपने आगे परोसी पनीर की सब्ज़ी को एक ओर सरकाते हुए कहा–"मैं आज आप दोनों के साथ सूअर के मांस की तरकारी ही खाऊँगा।" और अब वह हमारे साथ सूअर के मांस की तरकारी का आनन्द उठाने में लग गये। खाते हुए वह बोले थे–

"वाह! क्या बात है, यह तो बहुत ही स्वादिष्ट है।"

"बृजपाल भारती ने तैयार की है।" मैंने उन्हें बताया था।

कुछ दिनों बाद मित्र-मण्डली फिर आ जुटी थी मेरे घर पर। उस दिन मित्र बृजपाल भारती मांस ख़रीदने मेरे साथ आये थे। हम दोनों उस दिन 'आई.आई.टी. गेट' की दुकान से मीट ख़रीदने निकले थे। बृजपाल भारती अपनी पसन्द का मांस कसाई से कटवा कर तुला में रखवा रहे थे। तौलने के बाद अख़बार में लपेट कर कसाई ने उसे एक प्लास्टिक के काले लिफ़ाफ़े में डाल दिया। मैंने पैसे पकड़ाते हुए उससे पूछा–

"बेगमपुर वाली दुकान भी तुम्हारी है क्या, वह दुकान भी आपकी दुकान की तरह साफ़-सुथरी व सुन्दर है।"

मेरी बात सुनकर कसाई के चेहरे पर कई भाव आये और गये। थोड़ी देर की चुप्पी के बाद वह बोला—"नहीं, वह हमारी नहीं, दक्षिणपुरी के हरिजन की है।" मैं और बृजपाल भारती उसकी बात सुनकर भौंचक होकर रह गये थे। कुछ क्षणों तक एक-दूसरे के मुँह की ओर देखते रहे। कुछ पलों तक हम दोनों उसकी कही बात का अर्थ ही नहीं समझ सके। हम दोनों में से कोई कुछ बोले कि तभी वह गर्दन मटकाते हुए बोला—"बाबूजी, यह खटीक की दुकान है, बेगमपुर की दुकान दक्षिणपुरी के भंगी की है..., उसमें और हम में ज़मीन-आसमान का अन्तर है, हम जाति में उनसे बहुत ऊँचे हैं।" कसाई सूअर के मांस की बोटियाँ काटते हुए अपनी बात एक रौ में कह गया था।

मैं और बृजपाल भारती अब उसकी दुकान से बाहर निकल आये थे। कुछ क़दम आगे चलकर हम दोनों ने एक-दूसरे की ओर देखा और फिर चतुरंगी वर्ण-व्यवस्था पर ज़ोर का ठहाका लगाते हुए घर की ओर चल पड़े।

बौद्धिक अपराधी

कई साहित्यिक मित्र मुझसे बार-बार मिलने पर ज़िक्र करते रहे हैं कि लेखक एवं कहानीकार प्रेमपाल सागर अपने आई.ए.एस. बेटे को लेकर बहुत परेशान रहते हैं। उनकी परेशानी का कारण है कि उनका बेटा आई.ए.एस. के पद पर कार्य करते हुए घूस नहीं लेता, जिसके कारण उनकी व उनके परिवार की ग़रीबी दूर नहीं हो रही है और वह आज तक दिल्ली में रहते हुए दूसरों के लिए शरणागत बने हुए हैं।

एक-दो बार दबी ज़ुबान में वह इस तरह की शिकायत मुझसे भी करते रहे हैं। उनकी इस तरह की बातें सुनकर मैं अकबका कर रह गया था। सोचता–"जो व्यक्ति अपने लेखन कार्य से समाज को उचित मार्ग दिखाने में लगा है, दलितों की सामाजिक, आर्थिक स्थिति को लेकर दिन-रात लेखन में जुटा है और मोटी-मोटी पुस्तकें लिखता है..., पन्द्रह दिनों में पुस्तक लिखकर तैयार कर देता है, ऐसे इन्सान की ऐसी भी सोच हो सकती है।'

सागर की इस बात को लेकर मैं कई दिनों तक क्या, कई महीनों तक उलझन में रहा। फिर धीरे-धीरे सहज हो पाया था। यह सोचकर कि मुझे क्या लेना-देना, यह उनका व्यक्तिगत मामला है। इस दौरान उनका मेरा मिलना-मिलाना लगातार चलता रहा।

भारत में जातिवाद, ऊँच-नीच व छुआछूत को लेकर हमेशा उनसे चर्चा होती रहती है। यूरोप के देशों में रंगभेद की समस्या है। हमारे देश भारत में जातिवाद की भयंकर समस्या है। बिना जातिवाद को समझे कुछ लोग अन्धकार में ही जातिवाद को तोड़ने के लिए हाथ में लट्ठ लिए घूम रहे हैं। उन्हीं में से यह प्रेमपाल सागर भी एक हैं।

प्रेमपाल सागर द्वारा संकलित एक पुस्तक प्रकाशित होकर आयी है। इस पुस्तक में देश के दलित साहित्यकारों को उन्होंने कई आरोपों के साथ-साथ बौद्धिक अपराधी तक कह डाला है। मैं पहले तो पढ़कर भौंचक होकर रह गया कि सागर जी ने सभी साहित्यकारों को कितनी गहराई से पढ़ा है। दलित साहित्यकारों को पढ़कर ही सागर जी ने उनके ऊपर इतना बड़ा आरोप लगाया होगा। ख़ैर...।

एक रोज़ प्रेमपाल सागर किशोर वर्मा जी के साथ मेरे निवास-स्थान पर अपनी संकलित पुस्तक की प्रति देने आये थे। रात के भोजन के दौरान दलित पात्रों को लेकर मुंशी प्रेमचन्द के लेखन पर चर्चा छिड़ गयी। प्रेमचन्द के लेखन पर चर्चा हो और उसमें दलित साहित्यकारों का विचार-विमर्श न हो, भला यह कैसे न हो। 'कफ़न' के घीसू, माधव और बुधिया पात्रों को लेकर सागर जी ने दलित साहित्यकारों को मुँह भर-भरकर कोसना शुरू कर दिया। मैंने इस कहानी पर या उसके पात्रों पर बहस करना व्यर्थ समझा और मौन साध कर बैठा रहा। कुछ देर की चुप्पी के बाद मैंने सागर से पूछा था—"आपने मुंशी प्रेमचन्द की 'मन्दिर' कहानी पढ़ी है क्या?"

"नहीं, मैंने 'कफ़न' कहानी के सिवाय उनका कुछ नहीं पढ़ा है।" प्रेमपाल सागर ने अपनी बात कहते हुए मुझसे पूछा—"मन्दिर कहानी में क्या है?"

सागर की बात सुनकर मुझे गुस्सा आ गया था। मैंने किशोर वर्मा की ओर देखते हुए पूछा—"आपने तो पढ़ी होगी।"

"हाँ, मैंने पढ़ी है।"

"...तो बताओ सुखिया और पुजारी के बीच हुए संवादों को इन्हें।"

दिमाग़ पर ज़ोर डालने पर भी किशोर वर्मा कहानी के बारे में कुछ बता न सके। बस, वह इतना ही बोले—"बहुत पहले पढ़ी थी, अब याद नहीं आ रहा।"

ख़ैर, उन दोनों को मैंने ही प्रेमचन्द की 'मन्दिर' कहानी के बारे में बताया। बताने के बाद मैंने पूछा था कि यह कहानी दलित विरोधी या कहें दलित स्त्री विरोधी है या नहीं। मुंशी प्रेमचन्द द्वारा कहानी में पुजारी व कहानी के दूसरे पात्रों के मुख से बार-बार चमारिन-चमारिन शब्द कहलवाना और उसके बाद भी जब प्रेमचन्द का जी नहीं भरा तो 'मन्दिर' कहानी के पुजारी द्वारा सुखिया का चरित्र-हनन ही करवा डाला।

"वह कैसे?" प्रेमपाल सागर और किशोर वर्मा ने अवाक् होते हुए पूछा था।

मैंने उन दोनों को कहानी को फिर से पढ़कर सुनाया। कहानी में पुजारी के संवाद सुखिया (पात्र) से इस प्रकार से हैं–

सुखिया– ठाकुर जी की पूजा न करने दोगे?

पुजारी– तेरे लिए इतनी ही पूजा बहुत है, जो बात कभी नहीं हुई, वह आज मैं कर दूँ और गाँव पर कोई आफ़त-विपत आ पड़े तो क्या हो, उसकी तो सोच! तू यह जन्तर ले जा, भगवान चाहेंगे तो रात ही भर में बच्चे का क्लेश कट जायेगा। किसी की दीठ पड़ गयी है। बड़ा होनहार बालक है, भगवान जिला दे, तो तेरे सारे संकट हर लेगा। यहाँ मन्दिर के सामने बहुत खेलने आया करता था। इधर दो-तीन दिन से नहीं देखा। है भी तो चोंचाल, मालूम होता है छत्तरी बंस है।

मुंशी प्रेमचन्द मन्दिर के पुजारी से इस तरह के संवाद कहलवा कर कहना क्या चाहते हैं? अर्थात् लेखक की मानसिकता क्या रही है? यही कि चोंचाल या सुन्दर बच्चा दलित का हो ही नहीं सकता, केवल छत्तरी बंस में ही हो सकता है। ऐसी तीखी मार है मुंशी प्रेमचन्द की जिसे देश के पढ़े-लिखे दलित भी आजतक नहीं समझ पा रहे हैं। मैंने चर्चा के विषय को आगे बढ़ाते हुए प्रेमपाल सागर से पूछा था–

"आपने किस-किस दलित साहित्यकार को पढ़ा है?" मेरी बात सुनकर वह बग़लें झाँकने लगे थे। सिगरेट का धुआँ मुँह से उगलते हुए वह बोले–

"मैंने किसी को नहीं पढ़ा..., ऐसा वाहियात साहित्य पढ़ने से क्या फ़ायदा?"

उनकी बात सुनकर मुझे फिर गुस्सा आया था। किसी के लेखन के बारे में जाने व पढ़े बिना बहस करने बैठ जाना कितनी बुरी बात है। दूसरों की सुनी-सुनायी या कही बातों पर विश्वास कर लेना और दलित साहित्यकारों को बिना पढ़े ही उन्हें बौद्धिक-अपराधी घोषित करना...! अब प्रेमपाल सागर खुद ही निर्णय करें कि बौद्धिक अपराधी कौन है?

अन्त में 'कफ़न' कहानी को लेकर मैंने उन पर सवाल दागा—

"हमारे दलित समाज की बड़ी-बूढ़ी औरतें गाँव में दाई (बच्चा जनाने) का कार्य करती हैं..., गाँव के बनिया-बामनों के परिवार में बच्चा पैदा होने के समय घर-घर जाकर वे बच्चा जनाने का काम करती थीं कि नहीं।" प्रेमपाल सागर मेरी बातें ध्यान लगाकर सुन रहा था। मैंने अपनी बात आगे बढ़ाते हुए फिर कहा—

"...कितनी हैरानी की बात है कि बुधिया प्रसव-वेदना से तड़प रही है, उसके प्राण निकले जा रहे हैं, लेकिन मोहल्ले या पड़ोस से कोई महिला उसकी सहायता के लिए पास नहीं आ रही..., धन्य हैं मुंशी प्रेमचन्द!" मेरी बात सुनकर प्रेमपाल सागर चुप्पी साधकर रह गया था। उससे कुछ बोलते नहीं बन रहा था।

ब्रह्मराक्षस

9 मई 2007, चण्डीगढ़ की शाखा में मेरी उससे भेंट हुई थी। उस समय इस शाखा के ब्रांच मैनेजर आर.पी. सेहरावत थे। दिल्ली से मेरे साथ टूर पर सहायक प्रबन्धक दीपचन्द भी आये थे। मैं उनके साथ शाखा के कर्मचारियों व प्रबन्धकों से परिचय करने में लगा हुआ था कि तभी उसने आगे बढ़कर दोनों हाथ जोड़कर मुझसे नमस्ते की थी। मैंने भी उसे नमस्ते का उत्तर दिया था।

"सर, आपने अपनी बेटी के विवाह समारोह में अच्छा प्रबन्धन किया था। पूरा पार्क जगमगा उठा था उस रात रोशनी से।" वह मन्द-मन्द मुस्कुराती हुई बोली थी।

थोड़ी देर तक मैं सोचता रहा कि इस महिला को चण्डीगढ़ में रहते हुए यह सब कैसे ज्ञात है। मेरे चेहरे पर आते-जाते भावों को पढ़ते हुए वह तुरन्त बोली, "सर, आप मुझे पहचान नहीं पा रहे, मैं महेश की पत्नी..., मंजू मेरा नाम।"

अब मुझे याद आ गया था। वह अपने पति की जगह नौकरी पर लगी थी। आठ वर्षों से अधिक समय तक कोर्ट-कचहरी के चक्कर लगा-लगाकर, हमारे ऑफ़िस के मैनेजमेंट से लगातार संघर्ष करने के बाद ही उसे अपने पति की जगह नौकरी मिली थी। नौकरी तो उसकी लगी, लेकिन 'पोस्टिंग' उसकी चण्डीगढ़ ब्रांच में कर दी। इन आठ वर्षों के दौरान इस महिला ने बहुत अभाव के दिन देखे थे। तीन मासूम बच्चों को जैसे-तैसे पाल-पोस रही थी वह! आस-पड़ोस के लोगों ने व उसके कई रिश्तेदारों ने तरह-तरह के घिनौने आरोप लगाये थे उन दिनों इस महिला पर।

जब इन्सान की बिगड़ जाती है तो कोई भी उसका उपहास करने से नहीं चूकता। ख़ैर, यह जानकर कि उसकी नौकरी लग गयी है और चण्डीगढ़ शाखा में उसने ड्यूटी ज्वाइन कर ली है, मुझे अच्छा लगा था। उसके द्वारा बताने पर ज्ञात हुआ कि उसके तीनों बच्चे और बुज़ुर्ग सास दिल्ली में ही हैं। वह सप्ताह में एक बार चण्डीगढ़ से दिल्ली जाकर अपने बच्चों से मिल आती है। वैसे कर्मचारी यूनियन के सहयोग से साल-भर बाद ही उसका दिल्ली तबादला हो गया। अब उसने दिल्ली मुख्यालय में ज्वाइन कर लिया था।

ऑफ़िस में जब भी वह मुझसे मिलती अदब के साथ 'गुड मॉर्निंग सर', 'नमस्ते सर' कहती हुई आगे बढ़ जाती। दिल्ली के एक स्कूल से ग्यारहवीं कक्षा पास थी वह। लेकिन फिर भी ऑफ़िस में उसे चपरासी का ही काम दिया था। वह मुझसे जब भी मिलती मैं उसे हिन्दी और अंग्रेज़ी की टाइप सीखने की बात कहता। "हाँ सर, आप ठीक कह रहे हैं, आख़िर कब तक मैं चपरासी का काम करती रहूँगी?" उसने इस दौरान कई बार बारहवीं का फार्म पत्राचार से भरने की बात भी कही थी मुझसे।

अब वह मेरे साथ अक्सर उठने-बैठने लगी थी। ऑफ़िस के माहौल में वह धीरे-धीरे ढलने लगी थी। वह साफ-सुथरी बनकर बालों में अच्छी तरह से कंघी व सलीक़े से कपड़े पहनकर आने लगी थी। वह ग्यारहवीं पास तो थी ही, धीरे-धीरे ऑफ़िस में उठने-बैठने के तौर-तरीक़े भी सीख गयी। दिन में एक या दो बार वह मेरे साथ चाय पीने लग गयी थी। दिन-ब-दिन घनिष्ठता बढ़ने के कारण उसके प्रति आकर्षित होने लगा था मैं। वह रहती भी थी कॉलोनी के साथ वाले ब्लॉक में ही।

कुछ दिनों के बाद मैं उसे दूसरे साथियों बालाचन्द्रन व वीर बहादुर के साथ अपनी कार में घर से ऑफ़िस और ऑफ़िस से घर लाने-ले जाने लगा। एक रोज़ एकान्त में मैंने उससे कहा था–"मंजू, तुम अपना घर क्यों नहीं बसा लेतीं, ऐसे अकेला जीवन कब तक गुज़ारती रहोगी?"

मेरी बात सुनकर वह मन्द-मन्द मुस्कुराती हुई बोली–"सर, अब घर बसाकर क्या करना, बच्चे बड़े हो रहे हैं, यदि मैं कोई ऐसा क़दम उठाऊँगी तो बच्चे क्या सोचेंगे?"

मुझे उसकी कही बात अच्छी लगी थी। बात भी सोलह-आने सही थी। उसके बच्चे बड़े हो रहे थे। बड़ा बेटा बारहवीं में, छोटा बेटा नवीं और बेटी छठी कक्षाओं में पढ़ रहे थे उसके। मैंने एक बार उससे फिर कहा—"देखो मंजू, यदि किसी पुरुष के साथ अपना जीवन तुमने गुज़ारना है तो यह क़दम जल्दी से उठा डालो, तुमने साल या दो साल बाद इस बारे में सोचा और इस ओर क़दम बढ़ाया तो उस समय उचित न होगा, क्योंकि तुम्हारे बच्चे फिर सयाने हो जायेंगे..., फिर तुम्हारे दोबारा घर बसाने की बात को वे स्वीकार नहीं कर सकेंगे।" मैं अपनी बात एक रौ में कह गया था।

"नहीं सर, मैं अब इस बारे में सोचती भी नहीं हूँ।" उसने सीधे-सीधे कहा था। मैं भी चुप होकर रह गया और आगे उससे बात करना उचित नहीं समझा।

कुछ ही दिन बीते होंगे कि एक रोज़ साथी बालाचन्द्रन ने एकान्त में मुझसे कहा था—"लेखक महोदय, आपकी बिटिया का विवाह हो चुका है, वह अपने घर-बार की हो गयी है, आप अकेला जीवन व्यतीत कर रहे हो..., अभी तो ठीक है आगे कैसे होगा..., उस उम्र में जीवनसाथी का होना ज़रूरी है यदि आपकी और मंजू की बात बन जाये तो कैसा रहेगा?" बालाचन्द्रन ने अपनी बात आगे बढ़ाते हुए फिर कहा—"...यदि आप उचित समझें तो मैं मंजू से इस विषय पर चर्चा करूँ।"

"मैं उससे इस विषय पर बात कर चुका हूँ।" मैंने बालाचन्द्रन से कहा था।

"फिर क्या कहा उसने?" उसने मुझसे पूछा।

"सीधे-सीधे दोबारा घर बसाने से मना।" मैंने बालाचन्द्रन को बताया।

"एक बार मैं भी बात करके देखता हूँ।" बालाचन्द्रन ने मुझसे कहा था।

कुछ दिनों के बाद बालाचन्द्रन ने अवसर देख कर उससे इस विषय पर बात की थी। दूसरे दिन घर से ऑफ़िस जाते समय मंजू ने वीर बहादुर और बालाचन्द्रन के सामने ही चिड़िया की तरह चहकते हुए कहा—

"सर, यदि ऐसी बात थी तो आप सीधे-सीधे मुझसे कहते, आप जैसे व्यक्ति के लिए क्या मैं मना कर देती, सर, आप जैसे व्यक्ति को पाकर मेरा जीवन सफल हो जायेगा..., लेकिन सर..., आप तो अफ़सर और मैं...," बीच में रुकते हुए और अपना गला खँखारते हुए उसने अपनी बात जारी रखी—

"सर, आपका साथ पाकर मेरा जीवन कट जायेगा, आपसे मेरे बच्चे भी नाराज़ न होंगे, मेरे तीनों बच्चे आपका कितना आदर और सम्मान करते हैं।" वह अपनी बात एक साँस में कह गयी थी।

मैं मंजू के इस बदले रूप को देखकर भौंचक रह गया था। थोड़ी देर में अपने को सहज करते और मंजू की ओर मुस्कुराते हुए उससे कहा–"मैं तुम्हारे साथ 'कोर्ट मैरिज' करके व पूरे अधिकार जो एक पत्नी को प्राप्त होते हैं, दे करके ही साथ रहना चाहूँगा...अन्यथा नहीं।"

"तो मैं कौन-सा ऐसे ही रहने लगी आपके साथ, पूरे अधिकारों के साथ रहूँगी।" उसने ज़ोर का ठहाका लगाते हुए अपनी बात कही थी।

एक दिन मैं और मंजू बंगाली मार्किट में 'नत्थू-स्वीट्स' के अन्दर बैठे हुए कॉफ़ी का आनन्द ले रहे थे कि तभी मंजू ने कॉफ़ी का घूँट गले में उतारते और अपना स्नेह का हाथ मेरे हाथ पर रखते हुए पूछा था–

"सर, आपने अपनी बेटी से भी पूछ लिया है मेरे बारे में?"

"नहीं, अभी मेरी उससे बात नहीं हुई है।" मैंने कहा।

"आप अपनी बेटी और दामाद से भी बात कर लें।" मंजू ने अपनी मोटी-मोटी आँखें मटकाते हुए कहा था।

"ठीक है, अवसर देखकर उनसे चर्चा करूँगा।" मैंने ख़ाली कप को एक ओर सरकाते हुए कहा था। वैसे बातों ही बातों में मैंने कई बार मंजू को संकेत कर दिया था कि मेरी बिटिया अब मुझे लेकर परेशान रहने लगी है। उसने कई बार स्पष्ट रूप में कहा है–

"पापा जी, आप अपने बारे में क्यों नहीं सोचते, आपकी सेहत भी ठीक नहीं रहती, कभी कुछ तो कभी कुछ परेशानी आपको रहती है।"

मैं बिटिया से यही कह देता कि सब जैसे-तैसे कट जायेगी। नौकर भी कोई ठीक-सा मिल नहीं रहा था। आये दिन समाचार-पत्रों में घरेलू नौकरों के विषय में पढ़कर दिल दहल जाता है। 'नत्थू-स्वीट्स' से निकलकर मैं और मंजू अब अपने ऑफ़िस की ओर आ रहे थे। कार में अपना सिर मेरे कन्धे पर रखते और मेरे सिर के बालों में स्नेह का हाथ फेरते हुए वह बोली–

"सर, अपनी बिटिया से जल्दी से स्वीकृति ले लो..., मैंने तो अपने दोनों बड़े बच्चों से पूछ लिया है।"

अभी इन सब बातों को गुज़रे बीस दिन भी नहीं हुए होंगे, मंजू के व्यवहार में एकदम से बदलाव आ गया। साथ-ही-साथ वह उदास भी रहने लगी। अब वह ऑफ़िस मेरे साथ कार से न जाकर 'चार्टेड-बस' से जाने लगी। कभी-कभी मेरे और दोनों साथियों के कहने-सुनने पर ही वह हमारे साथ चलने को तैयार होती। सायंकाल को ऑफ़िस से छुट्टी के समय तो वह 'चार्टेड-बस' से ही आ रही थी। मैंने कई बार उससे पूछा कि सब ठीक-ठाक तो है, तो वह रूखे स्वर में कहती–"हाँ, सब ठीक है, मेरी बेटी की तबीयत ठीक नहीं चल रही, इसीलिए परेशान हूँ।"

मंजू ने एक-दो बार चर्चा के दौरान बताया था कि बेटी को दौरा पड़ने की शिकायत है और उसका इलाज दिल्ली के 'ऑल इंडिया मेडिकल साइंस' में चल रहा है। उन दिनों मंजू की बेटी तो बीमार थी ही लेकिन साथ-साथ एक बात और भी थी, जिसे वह मुझसे कह नहीं पा रही थी। देखने में आ रहा था कि मेरे प्रति वह बदली-बदली नज़र आ रही है। वह मेरे साथ चाय पीने की बात तो दूर ठीक से बात भी नहीं करती। उलटा, मुझे देखकर मुँह बिचका लेती थी। अब वह अपना अधिकतर समय ऑफ़िस की महिला साथियों के साथ बिताने लगी। ऑफ़िस से घर और घर से ऑफ़िस आते-जाते समय जो महिला चिड़िया की तरह चहककर बतियाती थी अब गुमसुम बैठी रहती।

बालाचन्द्रन और वीर बहादुर भी उससे पूछते रहते कि आख़िर बात क्या है? उन दोनों ने कई बार मुझसे पूछा कि मैंने तो कुछ नहीं कह दिया, जिसकी वजह से वह नाराज़ है, लेकिन मेरी तो उससे ऐसी कोई बात नहीं हुई जिससे वह नाराज़ हो जाये। उसे लेकर मेरे मन में उथल-पुथल मची हुई थी। आख़िर एक दिन बार-बार के पूछने पर मंजू ने घर से ऑफ़िस जाते समय रास्ते में वीर बहादुर और बालाचन्द्रन के सामने अपने मन की बात कह ही दी–"...जब से मैंने आपके साथ आना-जाना शुरू किया है तभी से ऑफ़िस के लोगों ने बातें बनाना शुरू कर दिया है।"

"कैसी बातें बनाना शुरू कर दिया है लोगों ने?" मैंने पूछा।

"यही कि आजकल तुम एक चूहड़े की कार में आती-जाती हो और उसके साथ उठने-बैठने लगी हो..., तुम्हें कोई और नहीं मिला।" उसने यह बात मुँह फाड़कर कही थी।

मंजू की बातें सुनकर मैं अवसन्न और संज्ञाशून्य होकर रह गया था। एक बार को लगा कि सामने से आती रूट न. 505 की बस मेरी कार से अब टकराने ही वाली है। मैंने सँभलते हुए अपने आपको और गाड़ी को ब्रह्मराक्षस के आक्रमण करने से पहले ही बचा लिया था। बालाचन्द्रन और वीर बहादुर गाड़ी की पीछे की सीट पर बैठे मेरे चेहरे पर आते-जाते भावों को पढ़ने की कोशिश कर रहे थे। ऑफ़िस पहुँचकर बालाचन्द्रन उस समय मेरे केबिन तक साथ-साथ आये थे। मेरे कन्धे पर अपना सहानुभूति का हाथ रखते हुए वह बस इतना ही बोले--

"सर, आप चाहे जितने भी बड़े अफ़सर बन जाओ, यह जाति का ब्रह्मराक्षस आपका पीछा छोड़ने वाला नहीं।"

बीस साल बाद भी

"...तुम्हारे जैसे दलित कहे जाने वाले लेखक ऊँच-नीच की इस खाई को और चौड़ा करने में लगे हैं, एक ओर देश में छुआछूत का रोग पहले से ही पसरा पड़ा है, और एक तुम हो कि लेखन में गन्दगी फैला रहे हो।" ऑफ़िस में डिप्टी मैनेजर के पद पर साथ कार्य करती श्रीमती शीला झा ने 'लंच-टाइम' में मुझसे बहस करते हुए कहा था।

श्रीमती झा समय-समय पर विभिन्न पत्र-पत्रिकाओं में प्रकाशित मेरे लेख, कविताएँ व आत्मकथाओं के अंशो पढ़ती रहती है। पढ़ने के बाद कभी भी उसने मेरे या दलित-लेखन के पक्ष में अपने विचार नहीं रखे। हमेशा ही मुँह बनाकर पढ़ने के बाद पत्रिका या पुस्तक को एक ओर सरकाकर रख देती। ऑफ़िस के अन्य साथियों से सदा वह यही कहती फिरती कि सूरज सर का माथा चल गया है..., इन्हें इस तरह की उलटी-सीधी बातें लिखने के सिवाय कुछ आता ही नहीं।

शीला झा ने कई बार मुझसे अनुरोध के स्वर में कहा कि मैं ऐसा साहित्य न लिखूँ। उसने एक रोज़ रोष प्रकट करते हुए कहा था–

"क्या है यह दलित साहित्य-वाहित्य..., क्या साहित्य भी कभी दलित होता है, आप मुख्यधारा का साहित्य क्यों नहीं लिखते?" शीला झा की बातें सुनकर मैं मुस्कुराकर रह गया था। एक रोज़ फिर से समझाते हुए मुझसे श्रीमती झा ने कहा था–

"आप अपनी बेटी के विवाह को लेकर इतना परेशान क्यों रहते हो, यदि दलित समाज में सुयोग्य लड़का नहीं मिलता तो उसका विवाह ग़ैर-दलित समाज के लड़के के साथ क्यों नहीं कर देते?"

अब मैं शीला झा को कैसे समझाता कि जब दलित समाज के पढ़े-लिखे लोगों में आपस में ही 'इंटरकास्ट मैरिज' की व्यवस्था नहीं पनप सकी तो भला ग़ैर-दलित समाज के लोग मेरी बिटिया से क्यों शादी करेंगे? मैंने उनसे कहा कि पिछले तीन-चार वर्षों से मैं इसी काम में लगा हूँ कि कोई बौद्ध या अम्बेडकरवादी सामने आये। लेकिन कितनी हैरानी की बात है कि न कोई खटीक, न चमार, न पासी, न दुसाध, न कंजर, न बनजारा, न डोम और न कोई जाटव जो अपने आपको घोर बौद्ध या अम्बेडकरवादी कहलाते हैं, कोई सामने नहीं आया। हाँ, इनमें से कई समय-समय पर मेरी बिटिया की पढ़ाई व उसके गुणों की प्रशंसा तो ख़ूब करते, लेकिन उससे विवाह के लिए अपने विवाह योग्य बेटे को लेकर कोई आगे नहीं आया। इन तथाकथित अम्बेडकरवादियों की नज़रों में न मेरी बेटी पढ़ी-लिखी है और न मैं, मेरा पद या प्रतिष्ठा। इनकी नज़रों में मैं आज भी भंगी ही हूँ।

कई अम्बेडकरवादी चमारों ने तो दबी ज़ुबान में यहाँ तक कह डाला कि यदि सूरज चमार या जाटव होते तो इनकी बेटी से अपने लड़के की शादी की जा सकती थी, लेकिन क्या करें, हैं तो वह भंगी जाति के। श्रीमती शीला झा के साहित्य-प्रेमी होने के कारण मैं कभी-कभी इस तरह की बातें उससे कर लिया करता था। मेरी बातें सुनकर वह एक रोज़ बोली—

"मारो न चमारों को गोली, ग़ैर-दलितों में लड़के मर गये हैं क्या..., कोई अच्छा-सा लड़का देखकर किसी शर्मा-वर्मा से..., कैसी फूल जैसी बेटी है तुम्हारी!"

श्रीमती शीला झा व उसके परिवार के बारे में मैं अच्छी तरह से जानता हूँ। उसके विवाह को बीरा वर्ष से भी अधिक का समय हो गया है। इन बीस वर्षों के दौरान उसे अपनी ससुराल में कई बार तरह-तरह के तानों का सामना करना पड़ा था। लेकिन उस समय पति अनिल झा के सहयोग व प्यार से ही वह समाज व परिवार के सदस्यों के पिछड़े विचारों से पार पा सकी थी। आज दोनों पति-पत्नी के पास दिल्ली में अपना घर, कार आदि सभी सुविधाएँ हैं। दो प्यारे-प्यारे बेटे पंकज पन्द्रह वर्ष और गौरव दस वर्ष के 'पब्लिक स्कूलों' में शिक्षा पा रहे हैं। पति अनिल झा ने 'प्रॉपर्टी' के क्रय-विक्रय के काम में लाखों रुपयों का 'बैंक-बैलेंस' बना रखा है।

पिछले कई दिनों से मैं देख रहा था कि श्रीमती झा का चेहरा उतरा-उतरा है और वह सूजी-सूजी आँखें लेकर अपनी सीट पर मुँह लटकाये बैठी रहती। ऑफ़िस के काम करने की तो बात दूर वह किसी से सीधे मुँह बात भी नहीं कर रही थी। मैं उससे ऑफ़िस के काम के बारे में कुछ पूछता या कहता तो चिड़चिड़ा जाती और मोटे-मोटे आँसुओं से रोने लगती। "क्या बात है मिसेज़ झा, घर-परिवार में सब ठीक तो है?" मैंने कई-कई बार उससे पूछा था। वह हरेक बार अपने आँचल से आँसू पोंछते हुए भर्राये गले से कहती—"हाँ, सब ठीक है, कुछ नहीं हुआ।"

चार-पाँच दिनों के बाद जब शीला झा के सब्र का बाँध टूट गया तो वह एक घायल कबूतरी-सी, जैसे घर की मुँडेर से पंख फड़फड़ाती मेरे सामने आ गिरी। कुछ देर तक फफक-फफक कर रोने के बाद वह बोली थी—

"सर, आप जो लिखते या बोलते हैं वह दलित जीवन का यथार्थ है..., जीवन की कड़वी सच्चाई है।" बात करते-करते उसकी घिग्गी बँध गयी थी।

मैं हतप्रभ होकर श्रीमती शीला झा की ओर देखे जा रहा था। मैं सोच में पड़ गया—'इस महिला ने ऐसा क्या पढ़ लिया जो इतनी भावुक हो गयी है।' उससे बार-बार पूछने पर जब उसने मुझे बताया तो सुनकर मैं भौंचक होकर रह गया था। श्रीमती झा ने विस्तार से बताते हुए कहा कि आज से लगभग दस दिन पहले ऑफ़िस से घर जाकर वह अपने दोनों बेटों के साथ हमेशा की तरह उस दिन भी चाय की चुस्कियों का आनन्द ले रही थी कि तभी उनके दोनों बेटों ने पहले एक-दूसरे की ओर देखा और फिर एक स्वर में बोले –

"मम्मी, आप चमारी हैं क्या?"

श्रीमती झा ने एक बार फिर अपने गालों पर ढुलक आये आँसुओं को पोंछते हुए बताया कि दोनों के मुख से ऐसी बात सुनकर उसे गहरा धक्का लगा था। वह अकबका कर रह गयी थी। कुछ पलों की चुप्पी के बाद दोनों बेटों को डपटते हुए उसने पूछा था—

"तुम दोनों से यह सब कहा किसने?"

"पापा कह रहे थे कि वह उच्च कुल के हैं और तुम्हारी मम्मी...", दोनों बेटे एक साथ बोले थे।

"मम्मी, आपकी 'लव-मैरिज' हुई थी न।" पंकज ने माँ से पूछा था।

"मम्मी, पापा माथे पर हाथ मारते हुए ऊँचे स्वर में कह रहे थे कि एक नीच जाति की औरत से शादी करके उनसे बड़ी भूल हुई है।" दस वर्ष के गौरव ने भी माँ से पिता द्वारा कही बात बता दी थी।

दोनों बच्चों की बातें सुनकर श्रीमती झा अवसन्न व संज्ञाशून्य होकर रह गयी थी। अब हतप्रभ रहने की बारी मेरी थी। मिसेज़ झा द्वारा बतायी बातें सुनकर एक बार तो मुझे ऐसा लगा जैसे काठ मार गया हो, मानो मेरे पूरे शरीर से लहू निचोड़ लिया हो और मेरे पैरों से जैसे ज़मीन खिसक गयी हो। बीस साल बाद भी अनिल झा के मन में अपनी पत्नी की जाति को लेकर..., उफ़! सचमुच मैं काँप उठा था।

बहुरुपिया

जगदम्बा प्रसाद सी.आर.पी.एफ. में डी.आई.जी के पद पर कार्यरत थे। दलित समाज से सम्बन्ध रखने के कारण उनकी दलित-साहित्य में भी रुचि थी। एक दिन उनका मेरे पास फ़ोन आया। वह 'कनॉट प्लेस' में थे और मुझसे मिलना चाहते थे। मैंने उन्हें अपने ऑफ़िस में आने को कह दिया। दस-पन्द्रह मिनटों के बाद वह पूछते-पाछते मेरे ऑफ़िस के भवन में आ गये थे। उप-प्रबन्धक दर्शन लाल उन्हें मेरे 'केबिन' तक छोड़ने आये थे।

मैंने अपने प्रभाग के साथियों से उनका यह कहते हुए परिचय कराया कि सी.आर.पी.एफ. में डी.आई.जी के पद पर कार्य करने के साथ-साथ जगदम्बा प्रसाद बहुत बड़े लेखक हैं। मेरे साथ काम कर रहे अधिकतर साथी दलित समाज के ही हैं। उन्हें भी अपने दलित-समाज के एक डी.आई.जी से मिलकर अच्छा लग रहा था। वे सभी जगदम्बा प्रसाद से मिलकर बहुत ख़ुश हुए थे।

मेरे साथ काम कर रहे साथियों से मिलने-मिलाने के बाद जगदम्बा प्रसाद ने अपने ब्रीफकेस से अपना सद्यःप्रकाशित कविता-संग्रह 'अतीत से झाँकते हुए' निकाल कर मुझे दिया। संग्रह देखकर सहसा मेरे मुख से निकला, "अरे, यह कब प्रकाशित होकर आया, भनक तक नहीं लगी..., मेरी ओर से आपको हार्दिक बधाई!"

"धन्यवाद!" जगदम्बा प्रसाद ने मुस्कुराहट के साथ मुझसे कहा था।

" 'चन्दन प्रकाशन' से आपका उपन्यास आने वाला था, क्या हुआ?" मैंने पूछा।

"प्रकाशक ने बताया कि उपन्यास वर्ष 2008 के 'विश्व पुस्तक मेले' में आ रहा है।" जगदम्बा प्रसाद ने मुझसे कहा।

आज से तीन वर्ष पहले मेरे पास जगदम्बा प्रसाद का चण्डीगढ़ से फ़ोन आया था। फ़ोन पर उन्होंने मुझे बताया था कि वह मेरे लेखन से प्रभावित हैं। मेरी कविताएँ, कहानियाँ व आत्मकथा के अंश उन्हें पसन्द हैं। उस समय उन्होंने फ़ोन पर मुझसे मेरे कविता-संग्रह 'क्यों विश्वास करूँ' की कुछ कविताओं का ज़िक्र भी किया था। उन्होंने अपने बारे में भी बताया था कि वह भी कविताएँ, कहानियाँ लिखते हैं। उनके कहे अनुसार, उनका एक उपन्यास भी तैयार है, जिसे वह मुझे दिखाना चाहते थे। अन्त में, उन्होंने फ़ोन पर ही कहा था कि वह इस बार दिल्ली आयेंगे तो मुझसे ज़रूर मिलेंगे।

लगभग महीने-भर बाद एक दिन वह मेरे निवास पर मुझसे मिलने आ गये। थोड़ी देर की चर्चा के बाद उन्होंने मुझे अपनी कुछ दलित कविताएँ सुनायीं। वाक़ई, अच्छी दलित कविताएँ थीं उनकी। कविताएँ सुनकर मैंने प्रशंसा भी की थी। घण्टे-भर तक अपनी कविताएँ सुनाने के बाद उन्होंने लगभग 500-550 पृष्ठों के एक उपन्यास की पाण्डुलिपि दिखायी थी। उस समय, उस उपन्यास का शीर्षक उन्होंने 'चमारों का कुआँ' रखा हुआ था। पाण्डुलिपि को मेरे पास छोड़ते हुए उन्होंने कहा था–

"लेखक महोदय, आप दस-पन्द्रह दिनों में इसे देख लें, अभी यह पूरा नहीं है..., इसके कुछ अध्याय चण्डीगढ़ में रह गये हैं और अभी कुछ और लिखने हैं, जैसे ही यह पूरा हो जायेगा, तो आप किसी प्रकाशक से कहकर इसे प्रकाशित करवाने की व्यवस्था कर दें।" उपन्यास की पाण्डुलिपि छोड़कर वह मेरे घर से चले गये थे।

रात के समय, जब मैंने उसे उलट-पुलट कर देखा, तो मेरा माथा ठनका। यह उपन्यास मुझे आधे से ज़्यादा अमृतलाल नागर के चर्चित उपन्यास 'नाच्यौ बहुत गोपाल' की नक़ल लगा। निर्गुणियाँ वाले प्रसंग का नाम बदल कर हू-ब-हू उतार रखा था। 'नाच्यौ बहुत गोपाल' उपन्यास का लेखक निर्गुणियाँ पात्र के पास दारू पीने या पिलाने जाकर उससे पूछ-पूछकर दलित जीवन के बारे में जानकारी प्राप्त करता है। ऐसे ही जगदम्बा प्रसाद अपने उपन्यास 'चमारों का कुआँ' में भंगी मोहल्ले में जाकर एक महिला पात्र से मिलते हैं,

जो निर्गुणियाँ की तरह ही दारू पीती और पिलाती है। जगदम्बा प्रसाद भंगी समाज के बारे में भंगी (पात्र) चावली से जानकारी लेकर अपने उपन्यास में दर्ज करते हैं। सबसे अधिक हैरानी की बात तो यह है कि पचास वर्ष पहले के ग्रामीण जीवन में वह भी एक भंगिन के जीवन में, जो गाँव में दाई माँ का काम करती है और अपना गुज़ारा जैसे-तैसे करती है; उसे उपन्यासकार ने अंग्रेज़ी दारू पीते दिखाया है। उस ज़माने में दलितों के लिए दो जून की रोटी जुटाना दूभर था, शराब कहाँ नसीब और वह भी अंग्रेज़ी! ख़ैर, वर्षों पहले से ग़ैर-दलित लेखक अपनी लेखनी से दलितों में दलित भंगी समाज का चरित्र-हनन करते रहे हैं, अब इसमें जगदम्बा प्रसाद जैसे दलित लेखक भी गर्व के साथ सम्मिलित हो रहे हैं।

पन्द्रह-बीस दिनों के बाद इस बार फिर से जगदम्बा प्रसाद मेरे घर आये। चायपान के बाद उन्होंने फिर बोलना और अपनी कविताएँ सुनाना शुरू कर दिया। लगभग दो घण्टे तक अपनी अथाह लम्बी-लम्बी कविताएँ सुनाने के बाद उन्होंने पूछा–

"लेखक महोदय, मेरे अन्दर एक दलित रचनाकार की सम्भावनाएँ हैं कि नहीं।"

"हाँ-हाँ, क्यों नहीं, आप सम्भावनाओं की बातें कर रहे हैं..., आप तो पूर्ण-रूप से दलित साहित्यकार हैं।"

"धन्यवाद।" मेरी ओर देखते हुए उन्होंने कहा।

थोड़ी देर चुप रहने के बाद वह अपने उपन्यास पर चर्चा लेकर बैठ गये। मैंने उनसे सीधे-सीधे उपन्यास के नाम को लेकर चर्चा करते हुए कहा कि नाम से ऐसा लगता है कि मुंशी प्रेमचन्द ने 'ठाकुर का कुआँ' नाम से कहानी लिखी है और आप 'चमारों का कुआँ' लिख रहे हो, इसे बदल दो। मेरी बात सुनकर जगदम्बा प्रसाद कसमसा कर व मौन साधकर रह गये थे। मैं भी कुछ नहीं बोला। यह लेखक का अधिकार है कि वह किसी की सलाह माने या न माने।

"अच्छा लेखक जी, इसके प्रसंग कैसे हैं, 'स्पार्किंग' हैं कि नहीं?" उन्होंने मुझसे पूछा था।

"हाँ-हाँ, कई प्रसंग बहुत अच्छे हैं, आप इसे आत्मकथा का रूप क्यों नहीं देते?"

"नहीं, मैं ऐसा नहीं कर सकता, मेरे अन्दर आप जितनी हिम्मत नहीं है..., मेरी अपनी मजबूरियाँ हैं।" जगदम्बा प्रसाद ने अपने सेना के पद की मजबूरी की ओर संकेत करते हुए कहा।

बात चलते-चलते अब उपन्यास की भंगिन पात्र पर आ गयी। मैंने उनसे कहा कि इस पूरे प्रसंग में 'नाच्यौ बहुत गोपाल' उपन्यास की निर्गुणियाँ पात्र की छवि दिखाई देती है। हो सके तो आप इस प्रसंग को दोबारा से लिखें। मेरी बात सुनकर वह भड़क गये और बोले—"कैसी बात कर रहे हो, मैंने तो अमृतलाल नागर का उपन्यास देखा तक नहीं है, मेरे गाँव के भंगी मोहल्ले की यह सच्ची घटना है।" जगदम्बा प्रसाद जाटव न तो इस प्रसंग को दोबारा लिखने के लिए सहमत हुए और न ही यह मानने के लिए राज़ी हुए कि यह अमृतलाल नागर के उपन्यास जैसा ही प्रसंग है। उलटा, वह बहुत दिनों तक अपने इस उपन्यास को प्रकाशित करवाने की ज़िद मुझसे करते रहे।

आख़िरकार, एक दिन मैं उन्हें चन्दन प्रकाशन लेकर गया। प्रकाशक से उनका परिचय कराते हुए मैंने कहा था—

"यह जगदम्बा प्रसाद, सी.आर.पी.एफ. चण्डीगढ़ में डी.आई.जी के पद पर तैनात हैं, साथ-ही-साथ एक अच्छे दलित रचनाकार हैं।"

उस समय प्रकाशक के केबिन में कुछ और लोग भी बैठे थे। मेरा इतना कहना भर था कि जगदम्बा प्रसाद ने वहीं, उसी समय, न आव देखा न ताव, अपनी रचनाओं का पाठ शुरू कर दिया। एक, दो, तीन, चार..., लगातार और न जाने कितनी। मैं भौंचक होकर उनकी ओर देखे जा रहा था। मैं उनकी इस हरकत से बड़ी ही अशोभनीय स्थिति में था और सोच रहा था, 'किसे अपने साथ ले आया।' जब पानी सिर के ऊपर से बहने लगा, तब मैंने ही तेज़ स्वर में उन्हें कविताएँ पढ़ने से रोकते हुए कहा—"यार, अपने उपन्यास की पाण्डुलिपि निकालकर प्रकाशक को दिखाओ, जिस काम के लिए आये हो, पहले उसे पूरा करो।"

मेरे इस तरह से तेज़ स्वर में बोलने से ही वह कविताएँ सुनाने से रुके। मेरे साथ में रहने की वजह से प्रकाशक ने उनसे कुछ नहीं कहा। ग़लती मेरी भी थी कि मैं जगदम्बा प्रसाद जाटव को बिना जाँचे-परखे जल्दी ही प्रकाशक के ऑफ़िस लेकर पहुँच गया था। सच कहूँ—मैं उनके डी.आई.जी. के पद से कुछ जल्दी ही 'इंफ्लुएन्स' हो गया था। ख़ैर..., कुछ समय बाद जगदम्बा प्रसाद ने अपने उस भारी-भरकम उपन्यास की पाण्डुलिपि निकालकर प्रकाशक की ओर बढ़ायी। उपन्यास का नाम देखते ही प्रकाशक ने भी वही बात कही, जो मैंने कही थी। प्रकाशक उपन्यास को उलट-पुलट कर देखने में लगे हुए थे और दूसरी ओर जगदम्बा प्रसाद फिर से वहाँ बैठे लोगों को अपनी कविताएँ सुनाने में जुट गये। प्रकाशक ने पाण्डुलिपि को एक ओर रखते हुए कहा—

"आप इनके साथ आये हैं और यह हमारे पुराने लेखक हैं, यह छपने योग्य होगा तो हम इसे अवश्य प्रकाशित करेंगे।"

अब मैं जगदम्बा प्रसाद के साथ वहाँ से चला आया था। रास्ते-भर उसके बारे में ही सोचता रहा। कैसा व्यक्ति है यह। अपनी कविताएँ ही सुनाने बैठ गया वहाँ। ऐसे आत्मकेन्द्रित व्यक्ति से जितना दूर रहा जाये, उतना अच्छा। और उसी समय मैंने निर्णय लिया कि आज के बाद इस व्यक्ति से कभी न मिला जाये। मैंने ऐसा ही किया। जब भी उनका फ़ोन आता और मिलने के लिए कहते, मैं बहाने करके टाल जाता।

लगभग दो वर्षों के बाद आज मैं फिर उनकी बातों में आ गया था। मुझसे भी ग़लती यह हो गयी कि मैंने आज उन्हें अपने ऑफ़िस में बुला लिया था। दरअसल, वह अपना सद्यःप्रकाशित कविता-संग्रह 'अतीत से झाँकते हुए' भेंट करने आये थे। मैंने संग्रह को उलट-पुलट कर देखते हुए कहा—

"इसमें दलित कविताएँ तो हैं ही नहीं, प्रेम कविताएँ हैं।"

"दलित कविता-संग्रह 'यूनी स्टार प्रकाशन' से शीघ्र आने वाला है।" वह बोले। उन्होंने अपनी बात आगे बढ़ाते हुए बताया कि चन्दन प्रकाशन से उपन्यास शीघ्र आने वाला है और प्रकाशक ने उसका नाम 'चमारों का कुआँ' से बदल कर 'थमेगा नहीं आन्दोलन' कर दिया है।

मुझे उपन्यास के बारे में जानकर अच्छा लगा था। मैंने एक बार फिर से अपने साथ काम कर रहे साथियों से यह कहते हुए कि यह डी.आई.जी. हैं और एक अच्छे दलित साहित्यकार हैं, उनका परिचय कराया था। मेरी उस बात से जगदम्बा प्रसाद एकदम से भड़क उठे। उन्होंने मेरे ऑफ़िस की मर्यादाओं का तनिक भी ध्यान नहीं रखा और लगभग चीख़ते हुए बोले–

"मैं नहीं हूँ दलित साहित्यकार, तुम होगे दलित साहित्यकार, ख़बरदार, आगे से मुझे दलित साहित्यकार कहा तो, मैं एक साहित्यकार हूँ, दूसरे साहित्यकारों की तरह।"

जगदम्बा प्रसाद की बातें सुनकर मैं अकबका कर रह गया था। ऑफ़िस के मेरे साथी अब मेरी ओर देखे जा रहे थे। मैं कुछ बोलूँ कि वह फिर बोले–"चन्दन प्रकाशन के प्रकाशक और यूनी स्टार के प्रकाशक ने मेरा दलित साहित्यकार कह कर परिचय कराया, तो मैंने उन्हें लताड़ लगायी थी।"

"आप दलित साहित्यकार नहीं हैं, लेकिन एक दलित तो हैं, हाँ, अब आप फ़रवरी 2008 में रिटायर हो रहे हैं, आपका काम पूरा हो गया, रोहिणी में कोटे से एम.आई.जी. मकान भी आ गया..., बच्चे भी पढ़-लिखकर विदेशों में बस गये, अब आप अपने को दलित मानें या न मानें, क्या फ़र्क़ पड़ता है?" मैं भी एक रौ में अपनी बात कह गया था।

मेरी बातों का अब उसके पास कोई जबाव न था। वह खिसियाते और बड़बड़ाते हुए–

"दलित साहित्यकार कहकर मेरा अपमान कर दिया।" मेरे पास से चला गया। उसके चले जाने के बाद, सभी साथी एक स्वर में बोले–"कैसा बेहूदा व्यक्ति है, डी.आई.जी तो कहीं से लगता ही नहीं, सरकारी चपरासी से भी गया-गुज़रा व्यक्ति है यह।"

यह दूसरी बात है कि जब इन महोदय का उपन्यास 'थमेगा नहीं आन्दोलन' प्रकाशन के लगभग एक वर्ष बाद तक चर्चा में नहीं आया, तो हारकर जगदम्बा प्रसाद 'दलित लेखक संघ' की शरण में आये और साहित्य-अकादेमी के सभागार में उसका लोकार्पण कराया। लेकिन विचार करने की बात है कि क्या ऐसे अवसरवादी लेखकों से हिन्दी के दलित लेखन का भला हो सकेगा। हाँ, एक बात और, साहित्य अकादेमी के सभागार में

जगदम्बा प्रसाद ने मंच से स्वीकार किया कि उन्होंने सेना में नौकरी करते हुए अमृतलाल नागर के उपन्यास 'नाच्यौ बहुत गोपाल' को सात बार पढ़ा है। यह क्या बात हुई? मुझसे चर्चा करते समय वह एकदम से मुकर गये थे कि उन्होंने 'नाच्यौ बहुत गोपाल' उपन्यास देखा तक नहीं। और आज, मंच से स्वीकार कर रहे हैं कि उन्होंने उसे सात बार पढ़ा है। यह कैसा बहुरुपियापन है। आख़िरकार, ऐसा करके वह पाना क्या चाहते हैं?

लगभग सात वर्षों के बाद 15 नवम्बर 2015 के दिन 'दलित लेखक संघ' के कार्यक्रम में उनसे फिर भेंट हुई। मैंने अपना परिचय देते हुए जगदम्बा प्रसाद से कहा—"पहचाना, जगदम्बा प्रसाद जी?"

वह बड़ी बेरुखी से आगे बढ़ते हुए बोले—"कुछ याद नहीं आ रहा..., शक्ल तो जानी-पहचानी-सी लग रही है।"

बादशाह बारह, वज़ीर अठारह

कम्पनी के निदेशक (कार्मिक), सन्तोष कुमार शर्मा और निदेशक (वित्त), राकेश मिश्रा समाजवादी विचारधारा रखते थे। ये दोनों कई बार देश में व्याप्त ऊँच-नीच और छुआछूत को लेकर मुझे अपना प्रवचन सुनाते रहते थे। एक रोज़ दोनों ने ही प्रवचन देते हुए मुझसे कहा था–

"जब देश से अमीर-ग़रीब का भेद मिट जायेगा, तो छुआछूत व ऊँच-नीच की भावना अपने आप समाप्त हो जायेगी।"

जब कभी भी मैं ऑफ़िस के काम से इनके 'केबिन' में जाता, दोनों एक-एक कर अपना प्रवचन देना शुरू कर देते–

"अब देखो, देश में छुआछूत या ऊँच-नीच की कुरीति में अन्तर आया है कि नहीं आया?"

सन्तोष शर्मा ने राकेश मिश्रा की ओर देखते हुए मुझसे कहा था–

"...तुम अपने आपको ही देख लो, इससे बढ़िया उदाहरण और क्या हो सकता है कि तुम एक दलित होते हुए अधिकारी के पद तक पहुँच गये हो और हमारे केबिन में बिना किसी संकोच के चले आते हो...।"

राकेश मिश्रा ने अपनी बात आगे बढ़ाते हुए फिर कहा–

"देखो, हम दोनों बिना किसी भेदभाव के आप को अपने साथ बैठा कर चाय तक पिला देते हैं..., फिर भी आप कहते हैं कि देश में कोई बदलाव नहीं आ रहा।" वे दोनों हमेशा ऐसी बातों में मुझसे झूठी हाँ भरवाने का प्रयास करते रहते थे। उनकी बातें सुनकर मैं कुछ न कहता। बस, मुस्कुराकर रह जाता था। बहस के लिए वहाँ कोई स्थान नहीं था। दोनों ही कम्पनी के निदेशक के पद पर कार्यरत थे। 'समरथ को नहिं दोष गुसाईं' वाली बात उन दोनों पर सही बैठती थी।

कम्पनी के अध्यक्ष पद पर एम.ए. अंसारी साहब थे। वरिष्ठता के क्रम में उनके बाद निदेशक (वित्त) राकेश मिश्रा और तीसरे क्रम पर निदेशक (कार्मिक) सन्तोष कुमार शर्मा आते थे। निदेशक (वित्त) और निदेशक (कार्मिक) की आपस में ख़ूब पटती थी। ख़ाली समय में निदेशक (कार्मिक) अपने केबिन में या फिर निदेशक (वित्त) के केबिन में सरकारी चाय की चुस्कियों का आनन्द लेते नज़र आ ही जाते थे। ये दोनों निदेशक ऑफ़िस की बैठकों या दूसरी सभाओं में ऐसा अभिनय करते कि सभी कर्मचारियों और प्रबन्धकों को यही लगता था कि कम्पनी के अध्यक्ष के साथ इनकी पटरी बहुत ही बढ़िया तरीक़े से बैठी हुई है। पीठ पीछे ये दोनों अंसारी साहब के प्रति हमेशा ज़हर ही उगलते। कारण मात्र एक ही था–अध्यक्ष महोदय का मुस्लिम समाज का होना। मुझे अन्दर की इस बात का तब पता चला जब उस दिन अध्यक्ष महोदय ने कम्पनी के सामान्य प्रशासन व विधि प्रभाग का काम सन्तोष शर्मा से लेकर निदेशक (वित्त) राकेश शर्मा को दे दिया था। इस बात से चिढ़ कर सन्तोष शर्मा ने भद्‌दी गाली देते और भन्नाते हुए कम्पनी के अध्यक्ष अंसारी साहब के विषय में कहा था, "...स्साला, धीमर, निदेशक से अध्यक्ष बना है, तब से ज़्यादा ही बनने लगा है।" उस समय दूसरे उच्च-अधिकारी जिनमें महाप्रबन्धक, संयुक्त महाप्रबन्धक, उप-महाप्रबन्धक के साथ केबिन में मैं भी उपस्थित था। सभी नीची गर्दन किये उसकी बकबक सुने जा रहे थे। कुछ पलों की चुप्पी के बाद मैं ही बोला–

"सर, अध्यक्ष महोदय तो मुस्लिम समाज...।"

"अरे, इसके पुरखे मुस्लिम बनने से पहले धीमर समाज से सम्बन्ध रखते थे।" मेरी बात पूरी सुने बिना निदेशक कार्मिक ने कहा था।

"सर, यह सब आपको कैसे ज्ञात हुआ?" मैंने जिज्ञासा प्रकट करते हुए पूछा।

"यार, तुम भी कैसी बातें करते हो, इस देश के ब्राह्मणों से कुछ छिपा है क्या..., हमारे पास सभी की जन्मपत्री पहले से ही तैयार रहती है।" सन्तोष कुमार शर्मा ने मेज़ पर रखे पेपरवेट को हाथ से घुमाते हुए अपनी बात जारी रखी–"धीमर को कैसे रोट लगे हैं..., अध्यक्ष बनते ही सीना तानकर चलने लगा है, ब्राह्मणों की इज़्ज़त करना ही भूल गया।" सन्तोष शर्मा ने अपनी भवें तानते हुए कहा था।

उस समय उसकी बातें सुनकर उसके सभी मातहतों की गर्दन शर्म से झुक गयी थी। मुझे तो ऐसा लगा जैसे मेरे पूरे शरीर से लहू निचोड़ लिया हो। शब्द जैसे मेरे मुँह में अटककर रह गये थे। यह था एक नक़ली समाजवादी का असली जातिवादी चेहरा। कम्पनी के अध्यक्ष के प्रति यदि इस व्यक्ति की ऐसी सोच है, तो साधारण व्यक्तियों के प्रति यह क्या सोचता होगा? यही सब सोचकर मैं कई महीनों तक परेशान रहा।

सन्तोष शर्मा की इस सोच से मैं उबर पाता कि कम्पनी के निदेशक (वित्त) और निदेशक (कार्मिक) ने आपस में मिलकर कपट भरी एक चाल और चल डाली। देश के प्रधानमन्त्री नरेन्द्र मोदी के स्वच्छता अभियान का एक आदेश भारत सरकार के हरेक सरकारी कार्यालय में इस सन्देश के साथ आया कि 2 अक्टूबर 2014 के दिन प्रत्येक सरकारी कर्मचारी अपने-अपने कार्यालय पहुँचकर स्वच्छता अभियान में भाग लेगा और अपने कार्यालय के इर्द-गिर्द एक घण्टे तक झाड़ू लगाने के साथ-साथ सफ़ाई का कार्य करते हुए रखरखाव करेगा। इस आदेश के आते ही कार्यालय में सफ़ाई अभियान की पूरे मनोयोग से तैयारी की जाने लगी। निदेशक (वित्त) और निदेशक (कार्मिक) की आपस में कई दिनों तक कई-कई घण्टों तक इस विषय को लेकर बैठकें होती रहीं।

निदेशक (वित्त) के आदेशानुसार 2 अक्टूबर 2014 वाले दिन के लिए सामान्य प्रशासन विभाग की ओर से दो दर्जन से अधिक झाड़ू ख़रीदी गयीं—लेकिन यह क्या? ठीक 2 अक्टूबर 2014 के दिन निदेशक (वित्त), राकेश मिश्रा ऑफ़िस ही नहीं आये। देश के प्रधानमन्त्री की ओर से सफ़ाई अभियान को लेकर उठाये गये इस क़दम की पूरे देश में प्रशंसा की गयी। उस दिन प्रातःकाल सर्वप्रथम प्रधानमन्त्री ने देश की राजधानी स्थित पचकुइयाँ रोड की दलित बस्ती में झाड़ू लगाकर स्वच्छता अभियान की शुरुआत की थी। प्रधानमन्त्री ने दिल्ली और नयी दिल्ली के कई इलाक़ों में झाड़ू लगाकर सफ़ाई के प्रति देशवासियों को जागरुक किया था।

एक ओर देश के प्रधानमन्त्री सड़कों पर झाड़ू लगाकर सफ़ाई अभियान की शुरुआत कर रहे थे, तो दूसरी ओर कम्पनी के निदेशक (वित्त) जानबूझकर ऑफ़िस ही नहीं आये। उन्होंने सरासर पी.एम.ओ. कार्यालय के आदेश की अवहेलना की थी। उनके इस कृत्य पर आज तक उन्हें दण्डित भी नहीं किया गया।

इसके बाद निदेशक (कार्मिक) सन्तोष शर्मा ने जो किया वह भी किसी अनर्थ से कम न था। शायद उस की इस करतूत का कम्पनी के अध्यक्ष महोदय को आज तक पता ही न चला हो। पता भी भला कैसे चलेगा, यह तो जातियों में बँटा हुआ ऊँच-नीच को मानने वाला देश है। इसकी पीड़ा को तो वही समझ पायेगा जो इसकी पीड़ा से गुज़रा हो या जिसने इसे भोगा हो। दस-पन्द्रह दिन पहले ही निदेशक (कार्मिक) ने सामान्य प्रशासन प्रभाग से ऑफ़िस के दलित प्रबन्धकों और कर्मचारियों की सूची तैयार करवाकर अपने पास मँगवा ली थी।

उस दिन यानी 2 अक्टूबर 2014 के दिन कम्पनी के सभी प्रबन्धकों व कर्मचारियों के सम्मुख सन्तोष शर्मा ने चुन-चुन कर एक-एक दलित कर्मचारियों व प्रबन्धकों का नाम पुकार कर उनके हाथों में झाड़ू पकड़ा दी थी–"रोशनलाल, बाबूराम, किशोर सिंह, शिव कुमार, श्रीप्रसाद, बच्चीराम, नानकचन्द, बनवारी, लालसिंह, हरीसिंह, रोनक लाल, आओ और उठाओ झाड़ू।" निदेशक की आवाज़ पर ये सभी झाड़ू थामे आगे आ गये थे। मैं उसकी बगल में पीछे खड़ा यह सब देख रहा था। कितनी हैरानी की बात है कि उस समय निदेशक (कार्मिक) को वहाँ भीड़ में खड़े गोविन्द मिश्रा, राजेश गोसाईं, एस.के.गुप्ता, अशोक पुरी, आर.के. गोयल, दिनेश प्रसाद मिश्रा, वन्दना भारद्वाज, अनिल शर्मा, डी.के. रस्तोगी, पवन महाजन, पंकज चतुर्वेदी के नाम याद नहीं आये।

लगभग आधे घण्टे तक दलित प्रबन्धकों व कर्मचारियों से ऑफ़िस के बाहर झाड़ू लगवाने के बाद अध्यक्ष व निदेशक (कार्मिक) ने हाथों में झाड़ू पकड़कर भिन्न-भिन्न कोणों से दलित प्रबन्धकों व कर्मचारियों के साथ अपने फ़ोटो खिंचवाये। हाँ, कुछ प्रेस रिपोर्टर भी आये हुए थे जो अपने-अपने कैमरों से फ़ोटो उतारने में लगे हुए थे। प्रेस रिपोर्टर आये क्या थे, उन्हें प्रबन्धन की ओर से इस विशेष अवसर पर सादर आमन्त्रित किया गया था–और हाँ, इस कार्यक्रम के बाद प्रबन्धन की ओर से विभिन्न समाचार-पत्रों के संवाददाताओं के दोपहर के भोजन की व्यवस्था भी करवायी गयी थी, जिससे कि कार्यक्रम की रिपोर्ट समाचार-पत्रों में भारी-भरकम रूप से प्रकाशित हो सके। कार्यक्रम के बाद अध्यक्ष व निदेशक (कार्मिक) जैसे ही वहाँ से चलने

के लिए आगे बढ़े कि मैं तुरन्त उनके सामने आ खड़ा हुआ। मैंने सीधे-सीधे शब्दों में उनसे पूछा था–

"सर, अपने हाथों में झाड़ू उठाकर आपको कैसा लगा?"

"हैं, हैं, हैं (दाँत निपोरते हुए) यह तो मजबूरी है हमारी..., सरकारी आदेश की वजह से..., देखो यार, (झाड़ू की ओर संकेत करते हुए) है भी तो यह कितनी भारी, थोड़ी ही देर में हाथों और कन्धों में दर्द हो उठा।" उसने अध्यक्ष महोदय से नज़र बचाते और झाड़ू को दूर पटकते हुए कहा था।

"सर, आप थोड़ी ही देर में थक गये..., हमारे पुरखे तो जीवन-भर झाड़ू लगाते-लगाते मर-खप गये, उन्होंने उफ़ तक नहीं की।" मैंने निदेशक से कहा था। मेरी बात सुनकर पहले उन्होंने नाक-भौंह सिकोड़ी फिर घूरते हुए बोले–"यह कार्य तुम्हारे पुरखों का खानदानी कार्य रहा है, इसे शुरू से तुम्हारे पुरखे ही करते आये हैं.., हमारे बस की बात नहीं।"

निदेशक सन्तोष शर्मा की बातें सुनकर मेरे मुँह से निकला–"अच्छा सर।"

"हाँ।" निदेशक ने अपनी ऐनक आँखों से उतारते और आँखों को मिचमिचाते हुए कहा था।

"...लेकिन सर, देश के प्रधानमन्त्री ने आज देश के कई इलाक़ों में देर तक झाड़ू लगाकर अच्छा उदाहरण प्रस्तुत किया है, दूरदर्शन पर भी उनकी तस्वीर सफ़ाई करते हुए दिखायी गयी है।" मैं एक रौ में बोल गया था।

"तो क्या हुआ..., वह देश का प्रधानमन्त्री ही है, ब्राह्मण तो नहीं।" निदेशक (कार्मिक) ने मुझे लाल-लाल आँखों से घूरते हुए कहा था।

चोट

रज्जो की नौकरी अनुकम्पा के आधार पर लगी थी। उसे नौकरी करते हुए साल-भर ही हुआ था। तीस-बत्तीस की उम्र में ही वह विधवा हो गयी थी। उसका पति सरकारी दफ़्तर में चपरासी था। लेकिन रज्जो की नौकरी सफ़ाई कर्मचारी की लगी। जैसा कि शुरू से हमारी क़ौम के लोगों के साथ छल-कपट होता रहा है, तरह-तरह के प्रपंच रचकर इन्हें हमेशा से इनके पुश्तैनी धन्धे में धकेलने का प्रयास किया जाता है, उसी तरह वह आज भी जारी है।

ऐसी ही साज़िश रज्जो को नौकरी देने के समय प्रबन्धन ने रच डाली थी। अपनी दलील देते हुए प्रबन्धन ने उससे कहा था कि इस समय ऑफ़िस में चपरासी का पद ख़ाली नहीं है, सफ़ाई कर्मचारी का ही पद ख़ाली है। यदि उसे नौकरी चाहिए, तो सफ़ाई कर्मचारी का काम ही करना होगा। वह उस समय उच्च-अधिकारियों के सामने बहुत गिड़गिड़ायी थी। उसने अपने आठवीं पास होने का सर्टिफ़िकेट भी दिखाया था। प्रबन्धन ने उसकी एक न सुनी। इस ऑफ़िस के उच्च-अधिकारियों के अन्दर की बात कुछ और ही थी, जिसका रज्जो को तनिक भी भान न था।

रज्जो को अपने पिता के साथ घटी घटना याद हो आयी थी। उसके पिता परसादी राम से उसे ज्ञात हुआ था कि उस समय उसके पिता की सरकारी नौकरी पर नियुक्ति के समय ऐसा ही हुआ था। उसके पिता परसादी राम पाँचवीं कक्षा पास थे और उनका साथी पण्डित रामानन्द अनपढ़ था। दोनों की सरकारी नौकरी साथ-साथ व एक ही दिन लगी थी। रज्जो के पिता सफ़ाई कर्मचारी और उनका साथी पण्डित रामानन्द चपरासी! यह कैसी व्यवस्था और कैसा न्याय? यह तो बहुत पुरानी बात थी, लेकिन आज फिर...।

अभी पाँच महीने पहले की बात है। चपरासी के पद पर कार्य करने वाले हरचरण शर्मा के देहान्त पर उसकी अनपढ़ पत्नी की नियुक्ति सहानुभूति के आधार पर चपरासी के पद पर हुई थी, लेकिन आठवीं पास रज्जो को जानबूझकर सफ़ाई कर्मचारी के पद पर लगाया गया। कारण वही, रज्जो का पति बेशक चपरासी के पद पर कार्य करता था, तो क्या हुआ? है तो वह अछूत कही जाने वाली वाल्मीकि जाति से ही न। इस देश के ग़ैर-दलितों की दलितों के प्रति ओछी मानसिकता के बारे में जितना लिखा जाये उतना ही कम है। ऐसी ही ओछी मानसिकता का शिकार आज रज्जो बनकर रह गयी थी और इस चोट को अपने मन में दबाकर बैठ गयी थी।

साफ़ रंग, तीखे नैन-नक्श और सुडौल काया पायी थी रज्जो ने। हाव-भाव और बात करने के सलीक़े से भी वह अन्य चतुर्थ श्रेणी की महिलाओं से अलग दिखती थी। साथ-ही-साथ व्यवहारकुशलता व अपनी बातचीत के ढंग से वह हाईस्कूल पास लगती थी। उसका अफ़सर पवन शर्मा उस पर शुरू से ही बुरी नज़र रखता था। वह उससे बातें करने के लिए तरह-तरह के बहाने खोजता रहता था। एक रोज़ अवसर पाकर एकान्त में उसने मुस्कान बिखेरते हुए रज्जो से कहा—

"रज्जो, तुम दूसरी महिलाओं से हटकर हो..., जब मुस्कुराती हो तो और भी सुन्दर लगती हो।"

रज्जो पवन शर्मा की बातें सुनकर एकदम से हैरान रह गयी। उससे कुछ बोलते नहीं बना था। वर्षों बाद किसी आदमी से उसने अपनी तारीफ़ सुनी थी। उसके कानों में मिसरी-सी घुल गयी। रज्जो दुनियादारी से बेख़बर सीधी-सादी घरेलू महिला थी। छल-कपट से कोसों दूर। वह समय रहते शर्मा की विकृत मानसिकता को भाँप न सकी और धीरे-धीरे उसके जाल में फँसती चली गयी।

पवन शर्मा समय-समय पर उससे अपने ऑफ़िस की डाक बँटवाने का कार्य भी करवाता रहता था। वह भी ख़ुशी-ख़ुशी उसका काम कर देती थी। रज्जो मन-ही-मन यह सोचकर ख़ुश थी कि उसका अफ़सर कितना भला और अच्छा है। वह उसे पढ़ी-लिखी समझकर ही उससे डाक बँटवाने का कार्य लेता है। पवन शर्मा ने उसे विश्वास भी दिलाया था कि वह उसे जल्दी ही बड़े

अधिकारी से कहकर चपरासी के काम पर लगवा देगा। इस लालच में भी आकर रज्जो भाग-भाग कर और शीघ्रता से काम करती। पवन शर्मा हमेशा एकान्त पाकर उससे झूठी सहानुभूति प्रकट करने के साथ-साथ, ख़ूब मीठी बातें बनाता। वह सदा होशियार रहता कि ऑफ़िस का कोई दूसरा साथी उसे रज्जो के साथ बात करता न देख ले। वह उससे चोरी-छिपे ऑफ़िस के पास के गार्डन में मिला करता और वहाँ घण्टों बैठकर उससे बतियाता था।

इसी तरह धीरे-धीरे दिन बीत रहे थे। इस दौरान पवन ने रज्जो का मन पूरी तरह से जीत लिया और अब वह मौक़ा देखकर उसे अपने क़रीब लाने की कोशिश करने लगा। रज्जो उसके प्रेम-जाल में फँस चुकी थी। वह अब उसकी हरकतों का तनिक भी विरोध न करती। इन दोनों के लगातार गार्डन में जाने से वहाँ के सुरक्षागार्ड भी इन्हें जान गये थे। पवन शर्मा सुरक्षागार्डों को कभी-कभी चाय-नाश्ते के लिए कुछ पैसे दे देता था, इसलिए जहाँ पवन और रज्जो बैठा करते थे, गार्ड उस स्थान की ओर औरों को जाने से रोक दिया करते थे।

हमेशा की तरह उस दिन भी पवन और रज्जो गार्डन में घनी झाड़ियों की ओट में बैठे अठखेलियों में लीन थे। पवन के स्पर्श ने रज्जो को उमंग और उन्माद से भर दिया था। अब उसने अपनी दोनों बाँहों का हार उसके गले में डाल दिया और उसके सीने में सिमटकर रह गयी। यह स्वाभाविक था, पवन के लगातार स्पर्श से उसकी लम्बे समय से दबी भावनाएँ जाग्रत हो गयी थीं। घनी झाड़ियों की ओट तो थी ही और दूर-दूर तक कोई था भी नहीं। इन अन्तरंग क्षणों में रज्जो बार-बार उसके होंठों के पास जाने का प्रयास किये जा रही थी, लेकिन पवन अपना मुँह इधर से उधर फेर लेता। थक-हारकर रज्जो ने मनुहार करते हुए कहा–

"मेरे होंठों को...।"

"नहीं", पवन शर्मा ने अपना मुँह दूसरी ओर करते हुए मना किया।

"...तो फिर मुझे...।"

"नहीं।"

"क्यों नहीं..., जब इतना प्यार..., तो मेरे होंठों को अपने होंठों...।" रज्जो ने पवन शर्मा के बालों में अपनी उँगलियाँ फेरते हुए कहा।

कुछ देर तक पवन शर्मा अपना मुँह इधर से उधर घुमाता रहा। जब रज्जो ज़्यादा ही ज़िद करने लगी, तो पवन झुँझलाकर नाक-भौंह सिकोड़ते हुए बोला–

"अरे यार, आख़िर है तो तू...।"

रज्जो घायल कबूतरी की तरह फड़फड़ाती मानो ज़मीन पर आ गिरी। पवन शर्मा की आगोश में बैठकर स्नेह और प्रेम का जोश हवा हो गया था। एक पल को लगा जैसे उसे काठ मार गया हो। वह हाथ जो अभी कुछ देर पहले तक उस धूर्त के बालों का स्पर्श कर रहा था, उसी हाथ के नाखूनों ने पवन शर्मा का चेहरा खरोंचकर लहूलुहान कर डाला।

रज्जो पवन शर्मा के आलिंगन से खुद को दूर करती हुई चिल्लायी–

"साले, हरामी..., इतनी देर से..., अपनी अम्मा समझकर, ठहर, मैं बताती हूँ तुझे...।"

पवन शर्मा सँभल पाता, तब तक रज्जो ने पूरी ताक़त से अपनी लात उसकी कमर पर दे मारी। लात पड़ते ही वह मुर्दे-सा दूर जा गिरा।

शीलू का परमेश्वर

शीलू के पिता ख़ूब दारू पीकर रोज़ शाम को घर आते थे। महीने में एक-दो बार वह घर में भी अपने मित्रों के साथ महफ़िलें सजाते रहते थे। पिता और उनके मित्रों की आवभगत करते-करते माँ, शीलू और उसका छोटा भाई थककर चूर हो जाते। कई बार तो स्कूल का 'होमवर्क' तक करने को रह जाता था। लेकिन शीलू की माँ के माथे पर शिकन तक नहीं आती थी।

पिता की पीने-पिलाने की आदत से तंग आकर शीलू और उसका भाई माँ के सम्मुख अपनी शिकायत प्रकट करते तो शीलू की माँ उन्हें समझाते हुए कहती– "अरी शीलू बेटी, पति परमेश्वर होता है..., पति की सेवा प्रभु की भक्ति है।"

जैसे वातावरण में बचपन बीतता है, उसका प्रभाव मन और मस्तिष्क पर पड़ता ही है। बचपन से ही माँ की बातें सुन-सुनकर शीलू बड़ी हो रही थी। सच बात तो यह थी कि शीलू के ऊपर उसकी माँ के विचारों का प्रभाव पूरी तरह से पड़ चुका था। हाँ, उसकी माँ एक बात बार-बार ज़ोर देकर कहा करती थी–

"बेटी, हमारे धर्म में साफ़-साफ़ कहा गया है कि जिस घर में बेटी की डोली जाती है, उसी घर से उसकी अर्थी निकलती है।"

शीलू के विवाह को चार वर्ष से अधिक हो गये हैं। एक दो वर्ष का बेटा अतुल भी है उसके पास। शीलू का पति उसके पिता से भी अधिक दारू पीता है। साथ-साथ उसे जुआ खेलने की भी आदत है। उसकी इन्हीं आदतों की वजह से उसके ऊपर हज़ारों रुपयों का क़र्ज़ा हो गया। कुछ दिनों बाद क़र्ज़ा इतना चढ़ गया कि वह उतारने की स्थिति में न रहा।

अब उसके नज़दीकी रिश्तेदारों और मित्रों ने भी उसे उधार देना बन्द कर दिया था। क़र्ज़ा माँगने वालों ने घर पर आना शुरू कर दिया। पति उनकी आहट पाकर कभी 'बाथरूम' में या फिर दूसरे कमरे में घण्टों-घण्टों छिपा रहता। ऊपर से वह शीलू को झूठ बोलने को कहता–"कह दो कि मैं घर पर नहीं हूँ।"

शीलू झूठ बोल-बोलकर तंग आ चुकी थी। लेनदारों का उसके घर पर आना और उसके पति से उलटा-सीधा बोलना उसे अच्छा नहीं लगता था। लेकिन वह करती भी क्या? पति के जुआ खेलने, दारू पीने और पाँच-पाँच पैकेट सिगरेट पीने की लत के कारण घर की आर्थिक स्थिति चरमराकर रह गयी थी। कुछ दिनों तक शीलू के भैया और उसकी माँ सहायता पहुँचाते रहे, लेकिन वह भी कब तक करते? पति की आदतों से तंग आकर अब उन्होंने भी अपने हाथ खींच लिए। बस, शीलू किसी तरह एक कपड़े की दुकान पर काम करके घर की गाड़ी खींचने में लगी थी।

शीलू अपनी माँ की तरह सोचकर कि 'पति परमेश्वर' होता है, उसकी अच्छी-बुरी सभी बातों को आदर सहित शिरोधार्य करते रहना चाहिए, को ध्यान में रखकर वह पति की बेहूदा हरकतों को नज़रअन्दाज़ किये जा रही थी। वह तनिक उफ़ तक न करती।

एक रोज़ प्रातः ऑफ़िस जाते समय पति ने शीलू से स्नेह प्रकट करते हुए कहा था–

"आज शाम को पवन मित्रा के घर चाय पर चलना है, बुलाया है उसने..., तुम घर पर रहकर बोर हो गयी होंगी, इसी बहाने घूमना-फिरना हो जायेगा।" पति की बात सुनकर एक बार तो शीलू को अटपटा-सा लगा कि आज कुन्दन अपने मित्र के घर चलने की बात क्यों कर रहा है? फिर उसने सोचा कि चलो ठीक है, इसी वजह से घर से निकलना हो जायेगा। आश्चर्य के साथ-साथ हलकी-सी सुख की अनुभूति भी हुई थी।

सायंकाल, शीलू पति के साथ पवन मित्रा के घर पर थी। थोड़ी देर साथ बैठने के बाद कुन्दन सिगरेट माचिस ख़रीदने की बात कहकर घर से बाहर चला गया। कुछ ही क्षण बीते होंगे कि पवन मित्रा ने आगे बढ़कर घर का दरवाज़ा बन्द कर लिया और सिटकनी लगा दी। शीलू ने उसकी इस हरकत पर अकबकाते हुए पूछा–

"घर का द्वार क्यों बन्द कर लिया, मेरे पति सिगरेट लेकर आते ही होंगे।"

"नहीं, चिन्ता करने की कोई बात नहीं, वह एक घण्टे से पहले नहीं लौटेगा।" पवन मित्रा मन्द-मन्द मुस्कुराता और शीलू के आँचल की ओर हाथ बढ़ाता हुआ बोला था। वह पवन मित्रा के व्यवहार को देखकर भौंचक होकर रह गयी थी। शिष्टाचार दिखाते हुए उसने कहा—"देखो पवन, मैं तुम्हारी इज़्ज़त करती हूँ..., यदि तुमने मुझे हाथ भी..., कुन्दन को तुम्हारी करतूत जानकर कितना बुरा लगेगा, समझ लो—तुम्हें कोई बचाने वाला भी न होगा।" शीलू ने अपने को सँभालते हुए अपनी बात जारी रखी—"अपने घर पर बुलाकर तुम..., आगे बढ़े तो मुझसे बुरा कोई न होगा, तुम...तुम... ।" शब्द जैसे उसके गले में अटक गये हों।

कुछ देर तक तो शीलू के प्रतिरोध करने की बात को पवन मित्रा ने सहज ही लिया था। उसने सोचा कि यह जानबूझकर नाटक कर रही है, सो वह कुटिल मुस्कान बिखेरते हुए शीलू को अपनी बाँहों में भरने के लिए आगे बढ़ा।

"क्या कर रहे हो पवन, मति तो नहीं मारी गयी तुम्हारी।" शीलू ने अपनी चुनर सँभालते हुए पवन को एक बार फिर समझाया था। लेकिन वह कामान्ध था, सो उसने शीलू की बात अनसुनी करते हुए उसे अपने दोनों हाथों से दबोच लिया। शीलू ने अपनी पूरी ताक़त से उसके हाथों पर अपने दाँत गड़ा दिये थे। पवन दर्द से कराह उठा था और उसकी पकड़ से वह निकल गयी थी।

अब शीलू की आँखें मारे गुस्से के अँगारों की तरह दहक उठीं। उसकी लाल आँखों के तेज को पवन सह नहीं पा रहा था। उसे लगा कि शीलू की आँखें उसे अभी जलाकर भस्म कर देंगी। उसने पवन मित्रा को सावधान करते हुए कहा—

"ख़बरदार, मुझे छुआ भी तो, ख़ून पी जाऊँगी मैं तेरा।" शीलू बात करते-करते दरवाज़े तक पहुँच गयी और उसने सिटकनी भी खोल ली। लेकिन यह क्या? दरवाज़े की कुण्डी बाहर से भी बन्द थी। पवन मित्रा पहले से ही सहमा हुआ था। वह डरते-डरते आश्चर्य प्रकट करते हुए शीलू से बोला—

"क्या कुन्दन ने तुम्हें कुछ बताया नहीं!"

"नहीं तो!"

"तेरा कुन्दन ही तो मेरे पास..., छह महीने पहले उसने मुझसे तीन हज़ार रुपये उधार लिए थे, वह दे नहीं पा रहा था, उसी ने यह प्रस्ताव रखा था कि मैं तेरे साथ..., वही तो जानबूझकर बाहर से कुण्डी...।" पवन मित्रा अपनी बात टुकड़ों में कह पाया था।

उधर शीलू की चीख़-पुकार व उसके बच्चे की रोने की आवाज़ सुनकर बगल के एक घर से निकलकर एक बुज़ुर्ग ने बाहर की कुण्डी खोली थी। शीलू गोद में अपने बेटे को उठाये पुलिस थाने की ओर बढ़ गयी थी। उस समय उसे अपनी माँ के खोखले उपदेश रह-रहकर याद आ रहे थे। उन्हीं सब उपदेशों के कारण ही तो उसे आज यह दिन देखना पड़ा है। अब उसकी आँखों से अन्धकार का पर्दा उठ चुका था। थाने पहुँचकर उसने पति परमेश्वर की पूरी असलियत खोलकर रख दी थी।

दो सच्ची कहानियाँ

(1)

मई 2007 में मैं अपने मित्र बालकृष्ण की बेटी के विवाह समारोह में सम्मिलित होने बंगलौर गया था। बालकृष्ण को दिल्ली छोड़े 21 वर्षों से भी अधिक समय हो गया है। अर्थात् दूसरे शब्दों में कहें कि अब वह मेरे मित्र बंगलौरवासी बनकर रह गये हैं। उन्होंने अपने सभी बच्चों को वहाँ उच्च शिक्षा दिलवाकर बड़ा ही महती कार्य किया है। मेरे इस मित्र की दो बेटियाँ चिकित्सक व दो बेटियाँ 'फ़ैशन डिज़ाइनर' हैं। इन दोनों फ़ैशन-डिज़ाइनर बेटियों का विवाह मेरे मित्र ने वहीं के स्थानीय परिवारों के बीच किया है।

मेरे साथ दिल्ली से मेरे मित्र व सामाजिक कार्यकर्ता बृजपाल भारती भी थे। बंगलौर में बालकृष्ण के घर पर उनके कई जगहों से आये दूसरे मित्रगण भी ठहरे हुए थे। जिनमें मुम्बई से भरत द्विवेदी और दिल्ली से सतीश शर्मा नामक व्यक्ति अपनी-अपनी पत्नियों के साथ थे।

एक दिन रात के भोजन के बाद सभी आपस में चर्चा करने में लगे थे। व्यक्तियों की पहचान को लेकर बहस छिड़ी हुई थी। तभी वह व्यक्ति जिसका नाम सतीश शर्मा था, तेज़ स्वर में बोला—"व्यक्ति के उठने-बैठने व बात करने के ढंग से पता चलता है कि उसकी जाति क्या है?"

सतीश शर्मा की बात सुनकर मुझे झटका लगा था। बृजपाल भारती मेरे चेहरे को पढ़ने में लगे थे। हम दोनों के अलावा सभी उसकी बात का समर्थन कर रहे थे। बालकृष्ण सतीश शर्मा की बात सुनकर चुप्पी साधकर रह गये थे। मैं उनकी चुप्पी पर हैरान था। उससे भी अधिक हैरानी तो मुझे यह जानकर हुई कि मेरे इस दलित मित्र बालकृष्ण ने पिछले कई वर्षों से

अपने घर में इस सतीश शर्मा के बेटे को पनाह दे रखी है। शर्मा का बेटा वहाँ रहकर नौकरी के साथ-साथ अपनी शिक्षा पूरी करने में लगा है। शर्मा ने चर्चा को आगे बढ़ाते हुए फिर कहा–

"छोटी जाति के लोगों की पहचान उनके शरीर से निकलते पसीने की बदबू से तुरन्त हो जाती है।"

"वह कैसे?" मैंने उससे सीधे-सीधे पूछा था।

"अरे बाबूजी, भंगी-चमारों के पसीने से बदबू का जो भभका उठता है, उसे आप या मेरा जैसा व्यक्ति सहन नहीं कर सकता।" सतीश शर्मा ने यह बात इतने विश्वास के साथ कही थी कि जैसे सचमुच में ग़ैर-दलितों के शरीर से निकले पसीने से सुगन्ध के झोंके उठते हों! मैं सोच रहा था कि मेरा बंगलौरवासी मित्र शर्मा को चुप रहने को कहेगा, लेकिन वह तो मौन साधकर रह गया था। उसे शर्मा की कही बातों का विरोध करना चाहिए था। वैसे भी बालकृष्ण का सतीश शर्मा के ऊपर पहले से ही 'अपर-हैण्ड' है, क्योंकि उन्होंने बिना किसी लालच के उसके बेटे प्रशान्त को अपने घर में पनाह दी हुई है।

मेरे मन में तरह-तरह के विचार आ-जा रहे थे कि इतने में बालकृष्ण की पत्नी कमरे के अन्दर बनी लकड़ी की अलमारी में से सामान निकालने के बहाने आयी और रिरियाते हुए बोली–

"क्या चर्चा लेकर बैठ गये, कोई और बात करो न।"

मित्र की पत्नी के चेहरे पर आते-जाते भावों को देखकर व उसकी बात सुनकर मैं तुरन्त भाँप गया कि ये लोग यहाँ अपनी जाति छिपाकर रह रहे हैं। अब मैं चर्चा को आगे बढ़ाना नहीं चाहता था, इसीलिए सतीश शर्मा की बातें सुनता रहा और मन्द-मन्द मुस्कुराता भी रहा। वह अब भी देश की नीच जातियों की पहचान बताने में लगा हुआ था।

(2)

मई, 2010 में दिल्ली से तबादला होकर मैं मुम्बई आया था। वहाँ के कई साहित्यकार मेरे लेखन से परिचित हैं। वहाँ पहुँचते ही मैंने डॉ. सुनीता साँखरे और डॉ. नगमा जावेद से दूरभाष पर सम्पर्क साधा। इन दोनों से ही मैंने

मुम्बई के साहित्यकारों से मिलने की बात कही थी। फिर क्या था! दोनों ने ही दिनांक 29 मई 2010 के दिन पत्रिका 'कुतुबनुमा' द्वारा आयोजित कार्यक्रम की सूचना मुझे दी थी। डॉ. नगमा जावेद तो किसी कारण से कार्यक्रम में नहीं आ सकीं। डॉ. सुनीता साँखरे के साथ मैं उस साहित्यिक कार्यक्रम में सम्मिलित हुआ था।

सर्वप्रथम उज्जैन से प्रकाशित पत्रिका 'समावर्तन' के लोकार्पण का कार्यक्रम था। यह अंक हिन्दी के वरिष्ठ साहित्यकार नन्दकिशोर नौटियाल और प्रसिद्ध रंगकर्मी व अभिनेता राजेन्द्र गुप्त पर केन्द्रित था। लोकार्पण के बाद नौटियाल और पत्रिका के सम्पादक का स्वागत कार्यक्रम था। मुम्बई के श्रोताओं और बुद्धिजीवियों से हॉल भरा हुआ था। कार्यक्रम का संचालन डॉ. राजन पिल्लै कर रही थीं। मुझे यह देखकर और जानकर अच्छा लगा कि वह इस कार्यक्रम में अपनी छोटी-छोटी टिप्पणियों से संचालन करते हुए साहित्य से सम्बन्धित गम्भीर बातें श्रोताओं के सम्मुख रख रही थीं।

इस कार्यक्रम में वक्ताओं से गहरी निराशा हाथ लगी। वह मंच से देश की समस्याओं पर देर तक चर्चा करते रहे, लेकिन समस्याओं का निदान नहीं सुझाया। अपने वक्तव्य में देश के राजनेताओं को तो वह मुँह भर-भरकर कोसते रहे, लेकिन दूसरे साहित्यकारों की तरह हिन्दी के गप्पी साहित्य और पराजित इतिहास पर मौन साधकर रह गये थे। देश के तमाम हिन्दी के साहित्यकारों के साथ यही परेशानी है कि ये जानबूझकर हवाई साहित्य और पराजित इतिहास पर मौन साधकर रह जाते हैं।

आज देश अन्धकार के चौराहे पर खड़ा है तो इसके लिए ज़िम्मेदार कौन है? इस बात के लिए ज़िम्मेदार है इस देश का साहित्यकार। यथार्थ से कोसों दूर लिखे साहित्य ने इस देश को अन्धकार के चौराहे पर लाकर खड़ा कर दिया है। प्रसाद जी ने ठीक ही लिखा है कि साहित्य समाज का दर्पण होता है। आज साहित्य के दर्पण में हमारा चेहरा कैसा दीख रहा है? इस बात को हम सभी भली-भाँति जानते हैं। यदि इस देश के साहित्यकार सच्चा लेखन करते तो आज इस देश की तस्वीर ऐसी न होती। अपने सीने पर हाथ रखकर तो पूछें कि इस देश में कितने मुंशी प्रेमचन्द, कितने निराला

और कितने राहुल सांकृत्यायन पैदा हुए हैं जिन्होंने निष्ठावान होकर लेखन किया हो? सौन्दर्यशास्त्र व अलंकारों के नाम पर आज तक फूहड़ लेखन ही होता रहा है। गुरुदक्षिणा के नाम पर एकलव्य का ठगा जाना, सेवा के नाम पर वीर (महाबली) हनुमान को पैरों में बैठाना, दान के नाम पर वीर बर्बरीक का सुदर्शन-चक्र से सिर काटना। और तो और 13 अप्रैल 1919 के दिन जलियाँवाला बाग़ में जनरल डायर की गोलियों से मारे जाने वाले कुल दो सौ व्यक्तियों की भीड़ में से एक सौ पिच्यासी दलितों के मारे जाने पर चुप्पी साध लेना। उस सभा का नेतृत्व करने वाले दलित वीर पुरुष नत्थू धोबी और बुद्धराम चूहड़े का इतिहास के पन्नों से नाम हटाने का काम इन्हीं कलम के मक्कारों ने ही तो किया है। कितना छला है इस देश के कलमकारों ने दलित और आदिवासी समाज के लोगों को, लेकिन इन्हें आज तक न शर्म है और न लाज।

दूसरी ओर, हिन्दी साहित्य में नख-शिख वर्णन या कहें नायिका-भेद ऐसा कि दसवीं-बारहवीं कक्षा के छात्र-छात्राएँ पढ़कर शर्म से सिर झुका लें! पढ़ाने वाली अध्यापिका हो तो पढ़ाते हुए शर्म से पानी-पानी हो जाये और यदि अध्यापक होगा तो कहने ही क्या! वह नख-शिख वर्णन छात्राओं के साथ चटखारे ले-लेकर करेगा। आख़िर, सौन्दर्यशास्त्र व अलंकारों के नाम पर क्या परोसा जा रहा है पाठकों के सामने? कभी सोचा है इस विषय पर?

अधिकतर इस देश के साहित्यकारों को ग़रीब महिला और वह नवयौवना हो तो उनके लिए फिर बात ही क्या! उसके शरीर पर कपड़ों के नाम पर तार-तार व पैबन्द लगे लत्ते इन्हें नज़र नहीं आते। उसके गले में फटी चुनर इन्हें कभी नज़र नहीं आयेगी। इन्हें नज़र आयेंगे उसके नितम्ब या फिर उरोज। भूखे चेहरे पर आते-जाते भाव इन्हें क़तई दिखाई नहीं पड़ेंगे। दिखाई देगी इन्हें उसकी तोते जैसी नासिका! यह है हिन्दी के हवाई साहित्य का सौन्दर्यशास्त्र। खेत में हल चलाती या खेत में तपती दुपहरी में काम करती किसान बालाओं के तन से टपकता पसीना हिन्दी के लेखकों को दिखायी ही नहीं देता।

स्वागत कार्यक्रम और पत्रिका के लोकार्पण के बाद शुरू हुई काव्य गोष्ठी। मैं यह सोच रहा था कि मुम्बई औद्योगिक नगरी के साथ-साथ एक साहित्यिक नगरी भी है। गोष्ठी में अच्छी रचनाएँ सुनने को मिलेंगी और मैं कुछ सीखकर ही जाऊँगा। कुछ कवियों ने अच्छी रचनाएँ सुनायीं भी। युवा कवि देवमणि पाण्डे कवि गोष्ठी का संचालन कर रहे थे। यज्ञ शर्मा ने अपने दो व्यंग्य लेख पढ़े। बहुत ही अच्छे और मार्मिक लेख थे उनके। शैलेन्द्र के छन्द और गीत श्रोताओं ने पसन्द किये थे। कवि गोष्ठी की अध्यक्ष माया गोविन्द ने भी श्रोताओं का अपनी रचनाओं से मन जीत लिया था। दिल्ली व गाज़ियाबाद में डॉ. कुँवर बेचैन ने कई बार उनके नाम की चर्चा मुझसे की है। आज उन्हें सुनने का अवसर मेरे हाथ लग गया था। वाक़ई, इस कार्यक्रम में फ़िल्मी गीतों से एकदम हटकर गम्भीर रचनाएँ थीं उनकी।

कवि गोष्ठी अपनी अन्तिम ऊँचाई पर थी कि अचानक एक हास्य कवि (भाँड कहूँ तो ज़्यादा अच्छा रहेगा) ने कार्यक्रम का सारा मटियामेट कर दिया। हास्य के नाम पर इतनी फूहड़ रचना। वह भाँड कवि अपनी अश्लील रचना के लिए लोगों से कह-कहकर तालियाँ बजवाने और आशीर्वाद देने की बात कर रहा था। दिल्ली के काव्य मंचों की तरह हास्य-व्यंग्य के नाम पर मुम्बई में भी यही हाल। ऐसे फूहड़ कवि एक-दूसरे से सुने चुटकलों को एक शहर से दूसरे शहर में जा-जाकर मंचों से सुनाते रहते हैं। एक चुटकुले को मैं न जाने कितने भाँड कवियों के मुख से सुन चुका हूँ—

'एक ट्रक के पीछे लिखा था—
सावन को आने दो,
तभी दूसरे ट्रक ने आकर उसमें टक्कर मारी
उस ट्रक के पीछे लिखा था—
आया सावन झूम के।'

इस कवि गोष्ठी में भी हास्य कवि द्वारा सुनायी गयी रचना (रचना कहते हुए मुझे फिर शर्म आ रही है) में रोड के किनारे या रेलवे-ट्रेक के किनारे शौच कर रहे ग़रीब व बेबस लोगों का ख़ूब मज़ाक़ उड़ाया गया है। सच कह रहा हूँ—मैं इस तुकबन्दी और चुटकले को दिल्ली के कई भाँड कवियों

के मुख से विभिन्न काव्य मंचों से सुन चुका हूँ। हरेक भाँड कवि इसे अपनी मौलिक रचना बताकर श्रोताओं को मूर्ख बनाने में लगा है। उफ़! साहित्यिक नगरी मुम्बई का भी यही हाल! श्रोता उस तथाकथित हास्य कवि की बेहूदा तुकबन्दी पर ठहाका लगाने में लगे हुए थे। श्रोताओं में से या मंच पर बैठे किसी कवि ने उसे ऐसी फूहड़ रचना सुनाने पर न रोका और न टोका। वह मिष्ठा से मिष्ठा मिलाये जा रहा था और लोग उसे सुने जा रहे थे। मैं कार्यक्रम से उसकी बेहूदा तुकबन्दी सुनकर चलने को हुआ तो डॉ. सुनीता साँखरे ने मुझसे ऐसा न करने को कहा था। दरअसल मैं कार्यक्रम में उनके साथ आया था। वह कार्यक्रम के बाद मुझे दूसरे साहित्यकारों से मिलवाना चाहती थीं, लेकिन मैं अब किसी से मिलना नहीं चाहता था। डॉ. राजम राजन पिल्लै और हस्तीमल हस्ती से ही मिलकर मैं वहाँ से चला आया था।

पन्द्रह वर्षों के बाद भी

दिल्ली के 'फिक्की सभागार' में एक कवि-सम्मेलन में डॉ. कविता भाटिया से भेंट हुई थी। कार्यक्रम में मैंने अपनी कविताएँ पढ़ते हुए कुछ बाल-कविताएँ भी सुनायी थीं जैसे—'भारी बस्ता', 'आओ चलें नानी के गाँव', 'मुर्गा बोला—कूकड़ कूँ', 'ताक-धिनाधिन, धिन-धिन', आदि-आदि। कार्यक्रम में उपस्थित बच्चों के साथ-साथ बड़ों को भी ये बाल कविताएँ पसन्द आयी थीं। दर्शकों ने कविताएँ सुनकर ख़ूब देर तक तालियाँ बजायीं और प्रशंसा भी की थी।

कार्यक्रम के बाद मैं मंच से जैसे ही नीचे उतरा वैसे ही डॉ. कविता भाटिया मेरे समीप आ खड़ी हुई थीं। उन्होंने अपना विज़िटिंग कार्ड देते हुए मुझसे कहा—

"सर, मैं आर.के.पुरम, सेक्टर-6, नयी दिल्ली के एक 'पब्लिक स्कूल' में प्रधान अध्यापिका हूँ..., मुझे आपकी बाल कविताओं ने प्रभावित किया है।" उन्होंने मुझसे मेरा विज़िटिंग-कार्ड माँगते हुए अपनी बात जारी रखी—"सर, आपसे अनुरोध है कि समय निकाल कर एक रोज़ हमारे विद्यालय में बच्चों के सम्मुख अपनी बाल-कविताओं का पाठ करने की कृपा करें, मैं आपकी बड़ी आभारी रहूँगी..., सर, इनकार न करना, आपकी सुविधा के अनुसार कार्यक्रम की रूपरेखा तैयार कर लेंगे।" वह अपनी बात एक रौ में कह गयी थीं।

मैंने अपना विज़िटिंग-कार्ड पकड़ाते हुए कुछ कहना चाहा कि मुझसे पहले ही दोनों हाथ जोड़ते और शिष्टाचार दिखाते हुए वह फिर बोलीं—

"सर, मानदेय के रूप में हम भारी-भरकम रकम तो नहीं दे सकेंगे, लेकिन आपके सम्मान का पूरा ध्यान रखेंगे।"

"ठीक है, आप फ़ोन करके मुझे सूचित कर दें, मैं ज़रूर आ जाऊँगा।" मैंने कहा था।

बात आयी-गयी हो गयी थी। इसी दौरान चार माह के मुम्बई प्रवास के दौरान की एक घटना मुझे याद हो आयी। अगस्त सन् 2010 की घटना है। मुम्बई 'नालन्दा पब्लिक स्कूल' में बच्चों के सम्मुख मुझे कविताएँ पढ़नी थीं। इस कार्यक्रम की रूपरेखा उस स्कूल की अध्यापिका श्रीमती सुषमा शर्मा ने मुम्बई की चर्चित साहित्यकार डॉ. सुनीता साँखरे के साथ मिलकर तैयार की थी। तय कार्यक्रम के अनुसार मैं विद्यालय समय पर पहुँच गया था। सभी बच्चे और अध्यापक 'असेम्बली हॉल' में एकत्र थे। स्कूल की प्रधान-अध्यापिका श्रीमती सुषमा शर्मा के साथ स्कूल के मुख्य द्वार पर मेरी प्रतीक्षा में खड़ी थीं। मैं जैसे ही स्कूल के मुख्य द्वार पर पहुँचा, स्कूल की प्रधानाचार्य ने फूलों के गुलदस्ते से मेरा अभिनन्दन किया था। उन्होंने अपने कमरे की ओर ले जाते हुए मुझसे कहा—"कार्यक्रम शुरू करने से पहले मेरे साथ एक कप चाय हो जाये..., वैसे सभी लोग आपका 'असेम्बली-हॉल' में बड़ी उत्सुकता से इन्तज़ार कर रहे हैं।"

"मैम, ऐसी बात है तो चाय कार्यक्रम के बाद पी लेंगे, पहले सीधे कार्यक्रम में ही चलते हैं।" मैंने प्रधानाचार्य से कहा था।

मेरी बात से वह बहुत ख़ुश हुई थीं और वह मुझे सीधे स्कूल के 'असेम्बली हॉल' में ले गयीं। असेम्बली हॉल में एकत्र सभी छात्र/छात्राओं व अध्यापकों ने खड़े होकर मेरा स्वागत किया था। फूलमालाओं से स्वागत व मेरे रचना-कर्म पर संक्षिप्त वक्तव्य देते हुए श्रीमती सुषमा शर्मा ने कार्यक्रम की शुरुआत की। मैंने भी बच्चों के सम्मुख जी-भरकर कविताएँ पढ़ीं। ऐसा समाँ बँधा कि बस पूछो मत। छठी कक्षा से लेकर नौवीं कक्षा तक के छात्र/छात्राएँ मेरी बाल-कविताओं का ख़ूब आनन्द बटोरने में लगे थे। कविता की हरेक पंक्ति के साथ-साथ गुनगुनाते तालियों के संगीत की लय में मेरा साथ दे रहे थे।

कार्यक्रम के बाद मैं बहुत ख़ुश था। ख़ुशी के मारे मेरे पैर ज़मीन पर नहीं पड़ रहे थे। स्कूल के बच्चों, अध्यापकों और मुख्य अध्यापिका द्वारा इतना आदर और सम्मान! एक बार को तो मुझे ऐसा लगा कि दुनिया का

सबसे बड़ा ख़ज़ाना मुझे मिल गया हो। मुम्बई के नालन्दा परिवार की ओर से मेरे सम्मान में स्कूल के बच्चों द्वारा पढ़ी गयी कविता आज भी मैं सीने से लगाये फिरता हूँ और कभी-कभी उसे पढ़ भी लेता हूँ–

'आज इस उपवन में
बहार आयी है
खिले हुए फूलों में,
मुस्कान आयी है

मलयानिल की महक से
समाँ बँध गया है
आप आये...
हमारा...

उल्लास, उमंग, उत्साह बढ़ गया है... ।
आपके प्रेम, स्नेह, प्यार की यह भेंट...,
हमारे जीवन में...
अनमोल उपहार है...
मीठी-मीठी सौगात है... ।'

लगभग पाँच महीने के बाद डॉ. कविता भाटिया का फ़ोन आया–"सर, मैं कविता भाटिया..., 'यश-पब्लिक की स्कूल प्रधान-अध्यापिका, सेक्टर-6, आर.के. पुरम, नयी दिल्ली' से।"

"डॉ. जगपाल जी, शायद आप भूल गये..., उस दिन कवि सम्मेलन में..., आपने बच्चों की बाल-कविताएँ सुनायी थीं।" डॉ. कविता भाटिया ने मुझे याद दिलाया।

"हाँ-हाँ, याद आया, डॉ. साहब कैसी हैं आप?" मैंने कहा।

"सर, मैं ठीक हूँ...हमने अपने विद्यालय में आपकी बाल-कविताओं के पाठ का कार्यक्रम चार नवम्बर को रख दिया है, हमें पूरी उम्मीद है कि आप इस कार्यक्रम में अवश्य आयेंगे।" डॉ. कविता भाटिया अपनी बात एक साँस में कह गयी थीं। उनके अनुरोध के सामने मैं कोई बहानेबाज़ी न कर सका और कार्यक्रम में आने की हाँ कर दी।

कार्यक्रम वाले दिन, प्रातः ठीक दस बजे एक मारुति कार मेरे घर के द्वार पर खड़ी थी। मैं भी तैयार था, बस अपनी गाड़ी लेकर मैं निकलने ही वाला था। कार्यक्रम ग्यारह बजे से शुरू था। अब मैं अपनी गाड़ी ले जाने की बजाय स्कूल की गाड़ी में बैठकर 'यश पब्लिक स्कूल', आर.के. पुरम, सेक्टर-6 की ओर चल पड़ा। कारचालक से मैंने पूछा—"स्कूल की गाड़ी है?"

"नहीं सर, प्रेंसीपल मैडम की अपनी गाड़ी है।" ड्राइवर ने कहा। मेरे घर से स्कूल की दूरी लगभग बीस-पच्चीस मिनटों की थी। थोड़ी ही देर में स्कूल के मुख्य द्वार पर कार रुकी। स्कूल की प्रधानाचार्य डॉ. कविता भाटिया के साथ मुख्य द्वार पर स्कूल के अध्यापक मेरे स्वागत के लिए खड़े थे। सभी ने आगे बढ़कर मेरा स्वागत किया और मुख्य अध्यापिका मुझे लेकर अपने कमरे में आ गयीं। दूसरे अन्य अध्यापक 'स्कूल असेम्बली हॉल' की ओर बढ़ गये थे। कुछ ही देर में चाय आ गयी। मैंने कहा—"मैम, अभी इसकी क्या ज़रूरत थी, कार्यक्रम के बाद पी लेते।"

"नहीं, आज आपको बच्चों के सामने ढेर सारी कविताओं का पाठ करना होगा..., चाय पीने से आपके अन्दर ताज़गी आ जायेगी।" सहज-भाव से कहते हुए वह मुस्कुरायी थीं।

"कौन-कौन सी कक्षाओं के बच्चे कार्यक्रम में उपस्थित रहेंगे?" मैंने चाय का घूँट गले में उतारते हुए उनसे पूछा था।

"कक्षा पाँच से कक्षा आठ तक के बच्चे कार्यक्रम में रहेंगे।" डॉ. भाटिया ने कहा।

चायपान के बाद मुख्य अध्यापिका अब मुझे कार्यक्रम-स्थल की ओर लेकर चल पड़ीं। हम दोनों चार-पाँच क़दम आगे ही बढ़े थे कि सामने की ओर से सुरेन्द्र आता दिखायी दिया। मुझे इतना तो ज्ञात था कि सुरेन्द्र आर. के. पुरम, सेक्टर-6 के एक स्कूल में काम करता है, लेकिन यह पता नहीं था कि वह इसी स्कूल यानी 'यश पब्लिक स्कूल' में कार्य करता है। मेरे समीप आते ही वह मुझसे बोला—"जै रामजी की, यहाँ कैसे?" मैं उसे नमस्कार करते और मुस्कुराते हुए डॉ. कविता भाटिया के साथ आगे बढ़ गया था। चलते-चलते मुख्य अध्यापिका ने मुझसे पूछा—

"जगपाल जी, आप सुरेन्द्र को कैसे जानते हैं..., यह हमारे स्कूल का सफ़ाई कर्मचारी है।" उनकी बात सुनकर मैं उस समय कुछ नहीं बोला। उन्होंने भी आगे कोई बात नहीं की।

कार्यक्रम लगभग एक घण्टे तक चला। मैंने भी बच्चों और स्कूल के अध्यापकों के सामने पूरे मनोयोग से कविताओं का पाठ किया। बच्चे और बड़े सभी ख़ुश थे। कार्यक्रम के बाद मानदेय आदि की औपचारिकताएँ पूरी करने के बाद मुख्य अध्यापिका डॉ. कविता भाटिया मुझे अपने कमरे में लेकर आयीं। चर्चा के दौरान वह सुरेन्द्र को लेकर फिर बोलीं–

"यह सुरेन्द्र आपको कैसे जानता है?"

"मैम, यह सुरेन्द्र रिश्ते में मेरा बहनोई लगता है..., मेरी 'कज़िन सिस्टर' इसको ब्याही है।" मैंने स्पष्ट शब्दों में कहा।

मुख्य अध्यापिका मेरी बात सुनकर अकबका कर रह गयी थीं। वह बहुत देर तक मेरे चेहरे पर आते-जाते भावों को पढ़ने का प्रयास करती रहीं, लेकिन मैं एकदम सहज रहा। फिर असमंजस की स्थिति में बोलीं–

"सर, आप...?"

"हाँ-हाँ मैम, मैं दलित वर्ग से हूँ, वाल्मीकि समाज से।" मैंने बिना किसी लाग-लपेट के कहा था। मुख्य अध्यापिका मेरे सीधे-सीधे बात करने से और भी प्रभावित हुईं। उन्होंने मुझसे कहा–

"जगपाल जी, मेरे मन में आपके प्रति अब और भी आदर का भाव जाग गया है, वाक़ई आप...।" वह बात करते-करते हकलायी थीं।

इसी दौरान मुख्य अध्यापिका ने 'कॉल बेल' बजाकर अपने चपरासी को बुलाया और उससे सुरेन्द्र को अपने कमरे में आ जाने को कहा। कुछ देर बाद ही सुरेन्द्र प्रधान अध्यापिका के सामने खड़ा था। मुख्य अध्यापिका ने मेरे सम्मुख ही उससे कहा–

"जगपाल जी, इस सुरेन्द्र से मैं कितनी बार कह चुकी हूँ कि एक प्रार्थना-पत्र लिखकर मुझे दे-दे.., यह आठवीं पास भी है, लेकिन यह पन्द्रह वर्षों से झाड़ू का काम करने में ही मस्त है..., यह मुझे इस विषय पर प्रार्थना-पत्र लिखकर दे तो मैं कुछ करूँ, लेकिन इसके कानों पर जूँ तक नहीं रेंगती।"

"क्यों सुरेन्द्र जी, मैडम आपके ऊपर इतनी मेहरबान हैं तो आप प्रार्थना-पत्र लिखकर क्यों नहीं देते।" मैंने भी मुख्य अध्यापिका की बात का समर्थन करते हुए सुरेन्द्र से कहा। वह चुपचाप नीची गर्दन लटकाये हम दोनों की बातें सुनता रहा। मुख से कुछ न बोला। उसके कमरे से बाहर चले जाने के बाद श्रीमती कविता भाटिया मुझे स्कूल के गेट तक छोड़ने आयीं, चलते-चलते उन्होंने एक बार फिर मुझसे कहा–

"यह जल्दी से मुझे प्रार्थना-पत्र लिखकर दे दे, मैं सच कह रही हूँ, इसे चपरासी या चौकीदार के काम पर लगा दूँगी।" वह मुझे कार तक छोड़कर स्कूल की ओर मुड़ गयीं। ड्राइवर पहले से ही मेरे इन्तज़ार में खड़ा था। मैं कार में बैठने ही जा रहा था कि इतने में स्कूल गेट पर आया नीम के पेड़ की ओट से निकलकर सुरेन्द्र मेरे समीप लगे और भृकुटि तानते हुए बोला–

"मुझे नहीं करनी चपरासी या चौकीदारी की नौकरी, कौन बैठा रहेगा सुबह 9.30 बजे से शाम के 5.30 बजे तक स्कूल में या स्कूल के गेट पर..., प्रेंसिपल मैडम को मुझे लेकर भड़काने की ज़रूरत नहीं है, मैं तो इसी काम में खुश हूँ..., घण्टे-दो घण्टे में अपना काम निबटाओ और अपने घर।" वह एक रौ में अपनी बात बोल गया था। मैं उसकी बातें सुनकर अवसन्न मुद्रा में आ गया था। मुझसे कुछ बोलते नहीं बना। मैंने थूक सटकते हुए कारचालक से चलने को कहा। रास्ते-भर सोचता रहा–कब जागेगा हमारे समाज के लोगों में आत्म-सम्मान.., कब निकलेंगे वह इस दलदल से बाहर, पन्द्रह वर्षों से लगातार झाड़ू लगाते रहने से भी इस व्यक्ति का जी नहीं भरा!...

दो चित्र

(1)

कार्यालय में ऑफ़िस मैनेजर के पद पर साथ काम कर रही श्रीमती नीलम पॉल जब भी मेरा लिखा पढ़ती तो हमेशा नाक-भौंह सिकोड़ती हुई कहती—"सर, मैं स्वयं एक दलित परिवार से सम्बन्ध रखती हूँ..., जैसा आप लिखते या बात करते हैं, ऐसा समाज में कुछ नहीं है, सच कहूँ, आप कुछ बढ़ा-चढ़ा कर ही लिखते हैं।"

मैं नीलम पॉल की बातें सुनकर मुस्कुराकर रह जाता था। दरअसल ग़लती नीलम पॉल की भी नहीं थी। दलित परिवार में जन्म लेने के बाद नीलम ने देश के दूसरे दलितों की तरह जीवन व्यतीत नहीं किया था। उसके पिता भारत सरकार के वित्त मन्त्रालय में उच्च अधिकारी रहे थे और नीलम पॉल का जन्म भी दिल्ली के मोतीबाग इलाक़े में हुआ था। शिक्षा भी उसने दिल्ली में ही प्राप्त की है। वह अपने पिता के साथ गाँव भी कभी-कभी या एक-दो रोज़ के लिए ही गयी है। एक दिन मेरे पूछने पर उसने बताया था—"सर, हमारे पुरखे पंजाब के एक गाँव के रहे हैं और रामदासिया समुदाय से सम्बन्ध रखते हैं।" यह सुनकर मैंने नीलम पॉल से पूछा था कि फिर तो आपके पिता ने थोड़ा-बहुत दलित जीवन जिया ही होगा।

"नहीं, मेरे पिता ने भी ऐसा जीवन न जिया और न देखा है, क्योंकि मेरे दादा जी का रेशम के बने कपड़ों का कारोबार था, कपड़ों का कारोबार होने के कारण कभी भी आर्थिक तंगी नहीं रही..., हमारे परिवार के लोगों को दूसरे लोग बनिया-व्यापारी ही समझते रहे थे।" नीलम पॉल ने अपनी बात मुझे समझाते हुए कहा था।

शुरू से ही दिल्ली की अच्छी बस्ती में रहना, पिता का ऑफ़िसर होना, फिर दादाजी का रेशम के कपड़ों का व्यापार, दिल्ली के स्कूलों व कॉलेज में शिक्षित होकर सरकारी नौकरी प्राप्त कर एक इंजीनियर लड़के से विवाह हो जाना और फिर ऐसी सभी आधुनिक सुविधाओं को पाकर नीलम पॉल जैसी दलित महिलाओं को क्या पता कि सच में दलित जीवन क्या है, और क्या होता है? नीलम पॉल के बारे में यह सब जानकर अब मैंने भी उससे दलित-समाज या दलित-साहित्य को लेकर गम्भीर चर्चा करना लगभग बन्द ही कर दिया था।

9 अक्टूबर, 2007 की बात है। उस दिन मेरी एक कहानी 'एलिज़ाबेथ' मासिक पत्रिका 'हंस' में प्रकाशित हुई थी। ऑफ़िस के अपने एक साथी राकेश चन्द्र के साथ मैं 'मण्डी हाउस' के बुक-कॉर्नर से पत्रिका ख़रीद लाया और उसे मैंने अपनी टेबल पर रख दिया। तभी मुझे मेरे मुख्य महाप्रबन्धक, श्री अमित राहा के पास ऑफ़िस के कार्य पर चर्चा करने जाना पड़ा। मुख्य महाप्रबन्धक से चर्चा के बाद जब आकर मैंने अपनी टेबल पर रखी पत्रिका को खोजा, तो वह वहाँ नहीं थी। मैंने नज़र उठा कर दूसरी ओर देखा तो श्रीमती नीलम पॉल बड़ी तल्लीनता से पढ़ती नज़र आयी। मैंने उससे उस समय कुछ न कहा। उसे पढ़ने दिया। मैंने सोचा पत्रिका में प्रकाशित मेरी कहानी को वह पढ़ेगी नहीं। यदि पढ़ भी ली, तो हमेशा की तरह यही कहेगी कि दलित रोना रोने के सिवाय मुझे कुछ नहीं आता।

लेकिन यह क्या? उस दिन नीलम पॉल 'एलिज़ाबेथ' कहानी को पढ़कर बेचैन हो उठी थी। उसके चेहरे पर आते-जाते भावों को देखते हुए साफ़ पता चल रहा था कि कहानी ने उसे अन्दर तक हिलाकर रख दिया है। वह अपनी सीट से उठकर आयी और मुझे पत्रिका थमाते हुए कहानी के सवर्ण पात्र को गाली देते हुए बोली—"देखो तो सर, विनोद वशिष्ठ नाम का मक्कार व्यक्ति एलिज़ाबेथ नाम की महिला से इतने वर्षों तक रंगरेलियाँ मनाता रहा..., जैसे ही उसे पता चला कि एलिज़ाबेथ के परिवार के सदस्य ईसाई-धर्म अपनाने से पहले दलित जाति से सम्बन्ध रखते थे, हरामी ने उससे नाता ही तोड़ लिया।"

बात करते-करते नीलम पॉल का गुस्से के मारे चेहरा तमतमा उठा था। मैं उसके चेहरे पर आते-जाते भावों को देख रहा था। वह अपनी सीट पर जाकर बहुत देर तक गुमसुम होकर बैठी रही।

उस दिन मुझे यह जानकर अच्छा लगा था कि नीलम पॉल के मन में कहानी को पढ़कर दलितों के प्रति सहानुभूति की एक लहर जगी थी। कहानी ने उसे अन्दर तक कितना झकझोर कर रख दिया था, यह सब उसके चेहरे पर आते-जाते भावों से स्पष्ट दिखाई दे रहा था।

(2)

"बबली ही था न उसका नाम?" मैंने अपनी स्मृति पर ज़ोर डालते हुए बिटिया से पूछा था।

"हाँ पापा, सभी उसे बबली ही कहकर पुकारा करते थे।"

छोटे-छोटे बच्चों के साथ सेक्टर-20, नोएडा वाले घर के सामने बने पार्क में उछलती-कूदती रहती थी। पता नहीं वह कहाँ से आयी थी या फिर किसी ने लाकर उसे लावारिस छोड़ दिया था। समय के साथ-साथ वह बड़ी भी हो रही थी। उसे कोई छेड़ता या दुत्कारता तो वह उस पर गुर्राने भी लगती थी। लेकिन बच्चों से वह कुछ न कहती। एकदम भक्क सफ़ेद रंग था उसका। गली में रहते हुए वह किसी के घर की पालतू ही लगती थी।

ऑफ़िस से आने के बाद मैं बिटिया को डाँटता और कहता कि उसके साथ मत खेला कर, बीमार हो जायेगी, यह पालतू नहीं, 'स्ट्रीट-डॉग' है। इस बात को लेकर मैं कभी-कभी श्रीमती को भी सुना दिया करता था—

"...क्या है यह सब, बिटिया का ध्यान नहीं रखती हो, समय मिलते ही वह कुत्ते के बच्चे के साथ खेलने लग जाती है।"

"पापा, यह कुत्ता नहीं, बबली है इसका नाम।" उसे अपनी गोद से उतारते हुए बिटिया ने मुझसे कहा था।

नोएडा के सेक्टर-20 में जिस ब्लॉक में मैं रहता हूँ, उस ब्लॉक के सभी घरों के लोग उसे रोटी के टुकड़े डाल दिया करते थे। उन्हीं टुकड़ों को खा-खाकर अच्छा शरीर निकल आया था उसका।

कुत्ते तो क्या मुझे शुरू से ही कोई भी जानवर या पक्षी पालना अच्छा नहीं लगा। कुदरत कहूँ या संयोग ऐसा हुआ कि जब-जब भी मैंने कुत्तों के बच्चों को पाला, वह चार-पाँच महीने के बाद मर जाते। ऐसा भी नहीं कि मैंने समय रहते पशु-चिकित्सक के पास जाकर उनका उपचार न कराया हो। कभी महरौली तो कभी वसन्त विहार के पशु चिकित्सालयों में जा-जाकर उनका इलाज कराया। लेकिन वे बच न सके। बस, एक दिन निर्णय ले लिया कि भविष्य में किसी भी तरह का पशु या पक्षी नहीं पालना।

लेकिन उस दिन मैं बिटिया की ज़िद के सामने लाचार हो उठा था। मैं जितना उसे पिलिया से दूर रहने को कहता, वह परेशान हो उठती और खाना-पीना छोड़ देती। मैंने उस पिलिया को घर में तो नहीं रखा, हाँ-बेटी की ज़िद के आगे घर के गेट के सामने उसके बैठने की जगह बनाने को कह दिया। फिर क्या था! एक-दो रोज़ के बाद अब वह हमारे घर की चौखट पर दिन-रात मुँह रखकर बैठी रहती।

बिटिया के स्कूल चले जाने के बाद मैंने उसे कई बार संटी मारकर घर से भगाया और दुरदुराया भी। उस समय तो वह वहाँ से चली जाती, लेकिन बिटिया के स्कूल से आने के बाद वह फिर घर के जीने (सीढ़ियों) पर आ बैठती। कुछ दिनों के बाद मैंने भी उसे डाँटना व भगाना बन्द कर दिया था।

मधुर बिटिया जब स्कूल जाती तो वह उसके साथ सुबह साढ़े छह बजे स्कूल बस तक छोड़ने साथ जाती। बबली वहाँ तब तक खड़ी रहती जब तक कि बिटिया की 'स्कूल बस' वहाँ से चली न जाती। ऐसा ही वह दोपहर को करती। बिटिया के स्कूल से आने से पहले वह वहाँ जाकर खड़ी हो जाती और फिर धीरे-धीरे क़दम मिलाती हुई उसके संग-संग आती।

कई बार मैं बबली की हरकतों को देखकर हैरान हो उठता था। ऐसा भी नहीं था कि उसे किसी 'ट्रेनर' ने 'ट्रेनिंग' दी हो। वह तो गली में ही पली-बढ़ी थी। फिर भी उसमें इतनी अक्ल व समझदारी कहाँ से आयी? ब्लॉक के सभी छोटे-बड़े बबली को दुलारने लगे थे। मैं भी अब समय-समय पर उसके सिर और पीठ पर स्नेह का हाथ फेरने लगा था। मेरा प्यार व दुलार पाकर वह मेरे क़दमों में लोट जाती और देर तक दुम हिलाती रहती। उसे तब तक चैन नहीं आता जब तक मैं उसे खाने के लिए रोटी का टुकड़ा या बिस्कुट न दे दूँ।

एक रोज़ पत्नी ने मुझसे उसकी ओर हाथ का संकेत करते हुए कहा—"यह पेट से है।"

"अच्छा, ऐसी बात है तो इसका ध्यान रखना, कोई बच्चा या बड़ा इसे चोट न पहुँचाये।" मैंने पत्नी से कहा था।

उस दिन रात के साढ़े दस बजे का समय होगा। दिसम्बर माह की ठिठुरती ठण्ड में ब्लॉक के सभी लोग भोजन करके सोने की तैयारी में थे और टी.वी. में आ रहा 'महाभारत' सीरियल देखने में मस्त थे। मैं स्वयं खाना खाकर बच्चों के साथ टी.वी. देख रहा था कि तभी घर के बाहर कुछ भारी चीज़ के गिरने की आवाज़ सुनकर मैंने घर का द्वार खोला तो देखा कि मेरा स्कूटर घर से कई क़दम की दूरी पर गिरा पड़ा है। चार व्यक्ति (चोर) लॉक लगे स्कूटर को आगे-पीछे से उठाकर दूर ले जाने का प्रयास कर रहे थे। बबली ने भौंक-भौंक कर ज़मीन-आसमान एक कर रखा था और वह चारों चोरों को दौड़ाते हुए दूर खदेड़ आयी थी। ब्लॉक के दूसरे लोग भी अपने-अपने घरों से बाहर निकल आये थे। मैंने उस दिन स्कूटर उठाकर घर के आँगन में खड़ा करने की बजाय गली में खड़ा कर दिया था।

बबली खड़ी-खड़ी मेरे पैरों के पास अपनी दुम हिलाये जा रही थी। मैंने उसे पुचकारते हुए उसके सिर पर हाथ फेरा और पीठ थपथपायी। मेरे दुलार करने पर वह कुछ देर तक कुकयाती हुई मेरे क़दमों में लेटी रही। बिटिया घर के अन्दर से जाकर कटोरा-भर दूध और रोटी के टुकड़े ले आयी। बिटिया ने रोटी और दूध उसे अपने हाथों से खिलाया था। वह खाती जाती और कूँ-कूँ की आवाज़ करती बिटिया के हाथों और मुँह को चाटती जाती। मैंने जीने की सीढ़ियों पर उसके लिए एक पुराना कम्बल बिछा दिया था। कुछ ही देर में वहाँ से लोगों के जाने के बाद बबली अपने चारों पैरों को सीने में दबाये सो गयी थी।

दूसरे दिन प्रातः जब मेरी आँख खुली तो मैं यह जानकर हैरान था कि बबली ने आज मधुर बिटिया को जगाने के लिए पंजों से घर का दरवाज़ा क्यों नहीं खटखटाया। मैं दूध लाने के लिए डोलची उठाकर घर से 'मदर डेरी' की ओर निकला कि मेरी नज़र जीने में सो रही बबली पर पड़ी। उसका शरीर कई टुकड़ों में क्षत-विक्षत पड़ा हुआ था और चारों ओर ख़ून बिखरा पड़ा था।

चोरों ने अपनी विफलता से निराश होकर रात को सोते हुए उसके किसी तेज़ धार वाले हथियार से टुकड़े-टुकड़े कर डाले थे। वह पेट से तो थी ही, उसकी मृत-देह की ओर देखा नहीं जा रहा था। मैं बहुत देर तक संज्ञाशून्य होकर खड़ा रहा। मुझे अच्छी तरह से याद है कि बबली की हत्या पर बिटिया और उसकी माँ हूक मारकर रोयी थीं। कई दिनों तक उसकी हत्या पर मेरा जी भी ख़राब रहा था। बिटिया से जब कभी भी इस घटना को लेकर चर्चा करता हूँ तो हम बाप और बेटी दुखी हो उठते हैं।

ऊँच-नीच का भूत

...अब इसे आत्मकथा कहूँ, कहानी या फिर कथा-संस्मरण। दलित लेखक जब भी लिखेगा सच ही लिखेगा। उसे ग़ैर-दलित लेखकों की तरह लेखन में 'गप्प' मारना नहीं आता, वह शब्दों की जुगाली भी नहीं करता और न लिखते समय मिथकीय दुनिया में जीता है। दलित कहानीकार सत्य और संवेदनाओं को अपने कथा प्रसंगों का प्रतिपाद्य बनाकर सामाजिक जीवन की बीभत्सता और विद्रूपता को समाज के सामने रखता है। मैंने आज तक जितनी भी कहानियाँ लिखी हैं, सब की सब सत्य घटनाओं पर आधारित हैं। सच कहूँ, मैं अपने कथा-पात्रों से हमेशा बतियाता रहा हूँ।

अतीत और वर्तमान को याद करते हुए सोचता हूँ तो पाता हूँ कि देश में छुआछूत, ऊँच-नीच व जाति-धर्म के नाम पर कुछ भी नहीं बदला। लेकिन यह कहने वालों को न लाज है और न शर्म कि देश में सब कुछ बदल गया है। छुआछूत, ऊँच-नीच की भावनाओं की भयानक उछलती-कूदती और गरजती लहरें। उफ़! आज भी जस-की-तस देश के सामने खड़ी हैं।

सन् 1960 से 1970 तक का दशक। गाँव का ठाकुर जय सिंह दलित मोहल्ले में बेगारी कराने के लिए चाचा भूपसिंह को आवाज़ लगाते हुए—"अरे भोपा, ओ भोपा...।"

"हाँ, ठाकुर साब हाँ।"

"हाँ के बच्चा..., खटिया पे बैठो हौगौ, जाई मारे घर ते निकरबे में देर है गयी तोय।" ठाकुर जय सिंह ने दाँत पीसते हुए कहा था।

ठाकुर ने अपने पैर से पनही निकालते और उसे चाचा की ओर हवा में लहराते हुए अपनी बात जारी रखी—"भोपा, मेरे सारे (साले) खाल में रहा कर, ठाकुरों की इज़्ज़त करनौ ही भूलतौ जा रहौ है।"

सन् 1970 से 1980 तक का दशक।

"अरे भोपा, ओ भोपा।" ठाकुर ने ऊँचे सुर में टेर लगायी थी।

"पहले तो तू नाम ठीक से ले और फिर काम की बात कर।" भूपसिंह चाचा ने कन्धे पर पड़े अँगोछे से चेहरा पोंछते हुए ठाकुर से कहा था। चाचा की बात सुनकर ठाकुर के तन-बदन में आग लग गयी थी। वह चाचा की ओर उसे मारने लपका। चाचा ने भी सावधान करते हुए उसे ललकारा था। ठाकुर मिसमिसा कर रह गया और देख लेने की धमकी देता हुआ अपने घर की ओर चला गया।

सन् 1980 से आज तक। मेरे पड़ोस में पण्डित एस.एन.शर्मा अपने परिवार के साथ रहा करते थे। हमारे पड़ोस में रहते हुए लगभग 7-8 वर्षों का समय हो गया था उन्हें। शर्मा साहब की पाँच-छह वर्ष की पोती मेरे घर में मेरे बच्चों के साथ खेला-कूदा करती थी।

एक रोज़ प्रातः नाश्ते के दौरान सोनी नाम की वह बच्ची मेरे घर आ गयी। मैंने उसे दुलार करते हुए आलू का पराँठा दिया तो उसने लेने से मना कर दिया। मैंने उससे एक बार फिर कहा–

"सोनी बेटा ले लो।"

"नहीं।" उसने न में सिर हिलाते हुए और स्पष्टीकरण देते हुए अपनी बात जारी रखी–"दादा जी कहते हैं कि भंगी के घर का कुछ नहीं खाना चाहिए..., अंकल आप भंगी हैं न।"

अभी साल-भर पुरानी बात होगी। बिटिया अपनी ससुराल से मेरे पास आयी हुई थी। उसके सात साल के बेटे तन्मय को लेकर मैं घर के सामने पार्क में घूम रहा था। पार्क में लगे झूले पर कुछ बच्चे झूल रहे थे और कुछ झूले के आसपास खड़े थे। उन बच्चों के पहनावे व चेहरों से झलक रहा था कि वे ग़रीब परिवार के बच्चे थे।

तन्मय झूले पर झूलने की ज़िद कर रहा था। मैं उसे लेकर झूले की ओर बढ़ा ही था कि तभी पड़ोस में रहने वाली एक बच्ची जिसकी उम्र होगी लगभग 7 वर्ष, मेरे पास दौड़ी-दौड़ी आयी और तपाक से बोली–

"अंकल-अंकल, अपने बच्चे को उन बच्चों के पास लेकर मत जाना।"

"क्यों बेटा?" मैंने पूछा था।

"अंकल, वे नीच जाति के बच्चे हैं..., नीच जाति के बच्चों के साथ खेलना अच्छा नहीं होता।" लड़की ने मुँह बिचकाते हुए कहा था।

"तुम्हें यह बात किसने बतायी?" मैंने उससे पूछा था।

"मम्मी-पापा ने।" लड़की ने सहज भाव से कहा था।

इस तरह की जीवन में न जाने कितनी घटनाएँ घटी हैं और आगे भी घटती रहेंगी। इस देश से यह सिलसिला कभी समाप्त नहीं होने वाला। अभी छह महीने पुरानी बात है। बिटिया मेरे लेखन को लेकर मुझसे बहस करने बैठ जाया करती थी, कहती—"पापा, अब कहाँ है छुआछूत और ऊँच-नीच की भावना..., देखो—मेरी स्कूल और कॉलेज की संग-सहेलियाँ मुझसे तो ऊँच-नीच और छुआछूत की भावना नहीं रखतीं..., सभी मेरे साथ उठती-बैठती और खाती-पीती हैं।" मैं उसकी बातें सुनकर बस मन्द-मन्द मुस्कुराकर रह जाता था।

कुछ समय बाद उसकी नौकरी दिल्ली प्रशासन शिक्षा विभाग में अध्यापिका के पद पर लग गयी थी। दिल्ली, कालकाजी के स्कूल में पढ़ाते हुए अभी उसे तीन-चार महीने ही हुए थे। एक रोज़ हताश व निराश होते हुए वह मुझसे बोली थी—"पापा जी, आप जो लिखते या बोलते हो वह एकदम सच है।" उसकी बात सुनकर एक बार तो मुझे हैरानी हुई। मैं कुछ कहूँ कि तभी वह रुआँसी होती हुई बोली—"पापा, स्कूल की अध्यापिकाएँ जिनमें ग़ैर-दलितों की संख्या अधिक है..., मुँह बिचकाती हुई जाति को लेकर तरह-तरह की बातें बनाती हैं और जाति का ओछापन याद दिलाती हैं।" बातें करते-करते उसका गला भर्रा गया था और आँखों में आँसू भर आये थे।

"कैसी बातें बनाती हैं बेटा?" मैंने सहज-भाव से पूछा था।

उसने आँखों से ढलक आये आँसुओं को पोंछते हुए मुझसे कहा "कहती हैं, एक तो चमारी प्रेंसिपल पहले से ही थी स्कूल में अब एक चूहड़ी अध्यापिका और आ गयी।"

बिटिया की बातें सुनकर मैं अकबकाकर रह गया था। कुछ देर तक संज्ञाशून्य होकर खड़ा रहा। मैं कुछ बोल न सका। शब्द मेरे मुँह में अटककर रह गये थे। किसी तरह आगे बढ़कर मैंने सहानुभूति का हाथ उसके कन्धे पर रखा था।

जीवन में घटी उपर्युक्त घटनाओं को मैं काग़ज़ पर उतारने में लगा हुआ था कि तभी 'जयपुर साहित्य-फ़ेस्टिवल' में 20 जनवरी 2017 के दिन राष्ट्रीय स्वयंसेवक संघ के भारतीय प्रचार प्रमुख मनमोहन वैद्य ने आरक्षण व्यवस्था पर ज़हर उगलते हुए उसे समाप्त करने की वकालत कर डाली।

'राष्ट्रीय स्वयंसेवक संघ' के पदाधिकारियों द्वारा आरक्षण को लेकर समय-समय पर इस प्रकार का दुष्प्रचार लगातार किया जाता है। ऐसे लोग या सीधे-सीधे कहें कि हिन्दूवादी मानसिकता पाले लोग देश में व्याप्त छुआछूत व ऊँच-नीच की भावनाओं को समाप्त करने की कभी बातें नहीं करते। हाँ, दलितों और पिछड़ों के आरक्षण को समाप्त करने का राग हमेशा अलापते रहते हैं। ये लोग मूल समस्या पर जानबूझकर मौन साधकर रह जाते हैं। ये कभी यह नहीं कहते कि देश में जातिवाद समाप्त होना चाहिए। सभी को शिक्षा में बराबर का अधिकार मिलना चाहिए। समस्या की जड़ पर चोट करनी चाहिए न कि उसकी शाखाओं पर।

राष्ट्रीय स्वयंसेवक संघ के पदाधिकारियों को याद रखना चाहिए कि जब तक देश में जातिवाद व्याप्त रहेगा तब तक दलितों और पिछड़ों के लिए आरक्षण व्यवस्था जारी रहेगी। इन्हें पहले देश के दलितों के प्रति अपनी मानसिकता बदलनी होगी। समाज में दलितों को पहले बराबरी का स्थान देने के लिए कार्य करें, उसके बाद ही आरक्षण व्यवस्था बन्द या समाप्त करने की बात पर सोचा जा सकता है। बिना बात के राग पाखण्डी अलापने से कुछ होने वाला नहीं है, उलटा, ऐसी बेसिर पैर की बातों से दलितों और ग़ैर-दलितों में दूरियाँ ही बढ़ेंगी।

रही 'जयपुर लिटरेचर फ़ेस्टिवल' की बात तो इस आयोजन में प्रत्येक वर्ष अपने आपको चर्चा में बनाये रखने के लिए किसी-न-किसी के द्वारा देश के दलितों को लेकर कोई-न-कोई नया शिगूफ़ा छोड़ा ही जाता है। कुछ वर्ष पहले आशीष नन्दी द्वारा दलितों की राजनीति पर अनर्गल प्रलाप किया गया था। उसे लेकर भी कई महीनों तक चर्चा होती रही थी। और इस बार 20 जनवरी 2017 के इस आयोजन में देश के दलितों के आरक्षण को लेकर राष्ट्रीय स्वयंसेवक संघ के मनमोहन वैद्य द्वारा राग पाखण्डी का गायन किया गया है। क्या यह आयोजन इसी बात के लिए आयोजित किया जाता है। आयोजकों को इस पर गम्भीरता से विचार करने की ज़रूरत है।

यह सब लिखते हुए फिर से कई घटनाएँ याद हो आयी हैं, लेकिन इनमें से एक घटना अति महत्त्वपूर्ण है। कई दिनों तक सोचता रहा कि इस पर कलम चलाऊँ या नहीं। इसी ऊहापोह में कई महीनों का समय गुज़र गया। फिर सोच-समझकर यही तय किया कि इस पर लिखना ज़रूरी है, क्योंकि पाठकों को इस सच्ची घटना का अवश्य पता लगना चाहिए। उन दिनों मैं भारत सरकार के एक उपक्रम में मुख्य प्रबन्धक (प्रशासन) के पद पर कार्यरत था। ऑफ़िस के स्वागत-कक्ष में कमलेश नाम की महिला का अपनी सहेली के माध्यम से मेरे पास सन्देश आया था। कमलेश की सहेली ने मुझसे कहा था–"सर, आपसे एक विशेष बात करनी है।"

"हाँ-हाँ कहो।" वह मेरे संग-संग कदम बढ़ाते हुए मेरे केबिन में आ गयी थी। मैंने उसे हाथ के संकेत से सामने रखी कुर्सी पर बैठ जाने को कहा था। कुछ देर इधर-उधर की बातें करने के बाद मुख्य मुद्दे पर आकर बिना किसी लाग-लपेट के वह बोली–"सर, कमलेश कह रही थी कि वह आपके साथ अपना शेष जीवन व्यतीत करना चाहती है।" उसने अपनी बात आगे बढ़ाते हुए कहा कि कमलेश अपने बहन और भाइयों की ज़िम्मेदारियों के कारण समय रहते अपने बारे में सोच ही नहीं पायी। उसके पिता भी गुज़र गये हैं। भाइयों के साथ तभी तक निभ सकेगी जब तक माँ है। माँ के न रहने पर भाइयों के साथ निभे या न निभे..., वह अब अपने भविष्य को लेकर चिन्तित रहने लगी है।

"...लेकिन मैडम, आपको शायद मेरे बारे में विस्तार से पता नहीं है..., मुझे अपनी पत्नी से अलग रहते हुए पन्द्रह वर्षों से अधिक का समय हो गया है, महिला आयोग से 'सेप्रेशन' ही हुआ है..., अभी तक तलाक़ नहीं हुआ है, लेकिन इतना तो तय है कि भविष्य में उसके साथ अब मेरी बनने वाली नहीं है।" मैंने विस्तार से नीलम मैडम को बताया था।

कुछ ही दिनों बाद मेरा मैडम कमलेश से मिलना-मिलाना शुरू हो गया था। अब हम दोनों ऑफ़िस के बाद 'कनॉट-प्लेस' के विभिन्न रेस्टोरेंट्स व चाय के ढाबों पर बैठकर अपने भविष्य को लेकर चर्चा करते। वह मेरे और मेरी जाति के बारे में पहले से ही जानती थी। फिर भी मैंने अपनी जाति के बारे में उसे कई बार बताया था। वह सुनकर यही कहती कि 'क्या हो गया आप शेड्यूल-कास्ट हो तो..., मैं जाति-पाँति में विश्वास नहीं रखती।

कमलेश से चर्चा के दौरान मुझे ज्ञात हुआ कि उसकी बड़ी और छोटी बहनों का विवाह पिता के रहते ही हो गया था। दोनों बहनों की शादी ब्राह्मण परिवार में हुई है और दोनों बहनों के पास एक-एक बेटी भी है। मैडम कमलेश के तीन भाई सबसे बड़ा 56 वर्ष, दूसरा 52 वर्ष और तीसरा सबसे छोटा 32 वर्ष का था। कमलेश से ही ज्ञात हुआ कि तीनों भाइयों में से किसी का विवाह नहीं हुआ है।

मैं जानकर बड़ी उलझन में था कि ऐसा क्यों है? मैंने कमलेश से जानना चाहा कि इतनी उम्र होने के बाद उसके भाइयों का विवाह क्यों नहीं हुआ तो वह स्पष्टीकरण देते हुए कहती–

"हम तीनों बहनों के कारण समय रहते भाइयों का विवाह नहीं हो सका..., तीनों भाई यही कहते हैं कि पहले तेरा (कमलेश) विवाह हो जाये तब हम अपने बारे में सोचें।" कमलेश की बातें सुनकर मैं चुप्पी साधकर रह जाता था। इसके अलावा मैं कर भी क्या सकता था। इसी दौरान हम दोनों का मिलना-जुलना भी चलता रहा। मेरे रिटायरमेंट के अभी तीन वर्ष शेष थे और कमलेश के रिटायरमेंट में बारह वर्षों का समय था।

इसी दौरान मैंने कमलेश को अपनी बिटिया और दामाद से मिलवाया था। वे दोनों भी इस बात के लिए सहमत थे कि मैं और कमलेश साथ-साथ एक छत के नीचे रहने लगें। कुछ महीनों बाद गोरखपुर से आये अमित कुमार और उसकी पत्नी मंजू से भी मैंने कमलेश की मुलाक़ात करवायी। कमलेश के विषय में जानकर और उससे मिलकर वे दोनों बहुत ख़ुश हुए थे। मेरे मित्र रामजी लाल बौध को भी मैंने अपने इस निर्णय की जानकारी दी थी। साहित्यिक मित्रों में प्रमोद सिंह व डॉ. दिनेश राम से भी चर्चा कर बैठा था। दो-तीन बार मैडम कमलेश मेरे नोएडा के निवास-स्थान पर भी मेरे साथ आयी थी। पड़ोसियों को इस उम्र में मेरे बारे में कोई ग़लत सन्देश न जाये, इसलिए मैंने अपने नज़दीकी पड़ोसियों से मैडम कमलेश को मिलवाते हुए कहा था–

"यह मैडम कमलेश हैं, मेरे ही कार्यालय में स्वागत-कक्ष में कार्यरत हैं..., अब मैं अपना शेष जीवन इनके साथ बिताना चाहता हूँ।"

मैं अब शीघ्र ही मैडम कमलेश के परिवार के सदस्यों से मिलकर इस बात को आगे बढ़ाना चाहता था। मैंने कई बार इस विषय पर कमलेश से चर्चा की। वह हरेक बार कोई-न-कोई बहाना बनाकर टाल जाती। इसी दौरान मैंने 'फ़ैमिली-कोर्ट' में अपने वकील से मिलकर अपनी पत्नी को अपनी सम्पत्ति आदि से बेदख़ल करवा दिया और इसकी एक प्रति मैंने कमलेश को भी दे दी थी। मेरे रिटायरमेंट का समय अब मुश्किल से एक वर्ष शेष बचा था। मैंने अब निर्णय लिया कि अपनी सेवानिवृत्ति के बाद ही मैडम कमलेश के साथ शेष जीवन बिताया जाये। कमलेश भी इस निर्णय से सहमत थी। इसी कालचक्र के दौरान कमलेश की छोटी बहन संगीता के पति की कैंसर से मृत्यु हो गयी और अब वह अपनी ससुराल से अपनी बच्ची, जो उस समय पाँचवीं कक्षा में पढ़ती थी, को साथ लेकर अपने बहन-भाइयों के पास रहने आ गयी। संगीता के पति दिल्ली में किसी प्राइवेट फर्म में नौकरी किया करते थे। बातों-ही-बातों में एक रोज़ कमलेश ने बताया कि उसकी बड़ी बहन की बेटी को भी बचपन से यही लोग पाल-पोस रहे हैं। वह इन्हीं के घर रहकर बी.ए. फाइनल के पेपर दे रही है। अब मेरा माथा ठनका। मैं सोचकर हैरान था कि यह कैसा गोरखधन्धा है, अजीब परिवार है। बहनों को अपने भाइयों के जीवन की तनिक भी चिन्ता नहीं! चलो, छोटी बहन के साथ तो कुदरत ने अन्याय किया है, उसको सहारा देना तो भाइयों का कर्तव्य बनता है, लेकिन बड़ी बहन और उसके पति की अपनी बेटी के प्रति व्यवहार की कहानी मेरे गले से नीचे नहीं उतर रही थी। कमलेश मेरे साथ घण्टे भर के लिए कहीं घूमने-फिरने जाती तो आधे से अधिक समय वह अपनी बहनों की बेटियों को लेकर चर्चा करती रहती। वह समय-समय पर मेरे साथ घूमते हुए अपनी बहनों की बेटियों के लिए उनके स्कूल-कॉलेज की पाठ्यपुस्तकें और लेखन-सामग्री ख़रीदने में लगी रहती। उसके ऐसे कृत्य से तंग आकर मैं कई बार झुँझलाकर रह जाता। एक रोज़ मैंने उससे कहा था—"...कमलेश तुमने राखी और परीक्षित साहनी अभिनीत फ़िल्म 'तपस्या' तो देखी होगी?" इस फ़िल्म के बारे में उसे जानकारी नहीं थी। मैंने ही उसे उस फ़िल्म के बारे में बताया कि फ़िल्म की नायिका अपने बहन-भाइयों का जीवन सँवारने के चक्कर में किस प्रकार अपना जीवन बर्बाद कर लेती है। लेकिन कमलेश ने मेरी बातों पर क़तई ध्यान नहीं दिया।

मैंने एक रोज़ चर्चा के दौरान कमलेश से कहा था—"तुम्हारी दोनों बहनें ब्राह्मण परिवारों में ब्याही हैं, तुमने मेरे व मेरी जाति के बारे में लेकर अपने घर के सदस्यों से बात तो कर ली होगी.., हम दोनों के साथ-साथ रहने पर जाति को लेकर बात सामने नहीं आनी चाहिए, बाद में आपके बहन-बहनोई या भाई मेरी जाति को लेकर ताने मारें या जाति का ओछापन याद दिलायें तो फिर मुझसे बर्दाश्त न होगा।" मैंने अपना पूरा मत उसके सामने रख दिया था।

मेरी बातें सुनकर कमलेश यही कहती—"मैंने रहना है आपके साथ, मेरे परिवार के सदस्यों या बहन-बहनोई ने नहीं..., यदि उन्हें मेरी इतनी ही चिन्ता होती तो क्या वे मेरे लिए समय रहते सजातीय या सुयोग्य वर की तलाश न करते।" मैं उसकी बातें सुनकर ख़ुश हो जाता और स्नेह से गले लगा लेता था। मैं नौकरी से निवृत्त हो चुका था और समय बीतता जा रहा था। मैं बार-बार कमलेश से उसके परिवार के सदस्यों से मिलने की बात करता, पर वह कोई-न-कोई बहाना बनाकर टाल जाती। एक रोज़ मैंने ज़ोर देते हुए उसके घर की ओर गाड़ी मोड़ दी थी। वह बार-बार मना करती रही, लेकिन मैं नहीं माना और गाड़ी चलाता रहा। जब उसे लगा कि मैं मानने वाला नहीं तब वह लगभग चीख़ते हुए बोली—"क्या है कुछ समझते ही नहीं हो..., अभी मेरे घर में पारिवारिक समस्या चल रही है, आपका मिलना अभी उचित नहीं है।" कहते हुए रो पड़ी थी। मैं उससे पारिवारिक समस्या को लेकर बार-बार पूछता रहा, लेकिन कुछ न बोली, चुप्पी साधकर रह गयी थी वह। अब मैं उसे बीच रास्ते में ही छोड़कर आ गया था।

नोएडा की ओर आते हुए पूरे रास्ते मैं यही सोचता रहा कि आख़िर ऐसी क्या समस्या है जो कमलेश मुझे बता नहीं पा रही है। इस घटना से पहले उसने मुझे बताया था कि उसके छोटे भाई का 'टेक्सटाइल' का कारोबार है, जिसमें उसके पार्टनर ने चालीस लाख रुपयों की हेराफेरी कर दी है और उसका भाई भारी क़र्ज़ में डूब गया है। कमलेश ने उस समय मुझसे भी सहयोग करने की बात कही थी। मैंने उसे उस समय डेढ़ लाख रुपयों का सहयोग दिया था। उसने यह रकम मुझे चार महीनों में वापिस करने की बात कही थी। अब कमलेश ने मुझे मेरी रकम वापिस की या नहीं की, की भी तो कितनी की? यह अलग बात है। मुझे मुख्य मुद्दे पर ही बात करनी चाहिए।

सन् 2015 अक्टूबर माह, दिवाली से दो दिन पहले की बात है। मैंने फ़ोन पर कमलेश से कहा—"मैं अपनी बिटिया के साथ दिवाली की शुभकामनाएँ देने आपके घर-परिवार के लोगों से मिलने आ रहा हूँ।" थोड़ी देर चुप्पी साधने के बाद कमलेश ने अनमने मन से स्वीकृति प्रदान कर दी थी। दूसरे दिन लगभग दिन के बारह बजे के क़रीब कमलेश का फ़ोन आया। उसने बताया कि बीती रात उसके छोटे भाई को दिल का दौरा पड़ा है और वह 'अस्पताल' में एडमिट है। मैंने 'अस्पताल' की पूरी डिटेल माँगनी चाही तो पहले तो उसने यह कहकर टालना चाहा कि उसका भाई आई.सी.यू. में है, किसी से मिलने ही नहीं दे रहे। मैं वहाँ जाकर क्या करूँगा? मेरे बहुत ज़ोर देने पर ही वह अस्पताल का नाम और पता बताने को तैयार हुई थी।

मैं दूसरे दिन नोएडा से दिल्ली की ओर कमलेश के भाई को देखने निकल पड़ा। मैं हॉस्पिटल पहुँचता कि उससे पहले ही रास्ते में मेरा मोबाइल बज उठा। कमलेश का ही फ़ोन था—"हाँ, कहाँ हो?"

"बस, अस्पताल पहुँचने वाला ही हूँ।" मैंने कहा था।

"आप मानते नहीं, बड़े ज़िद्दी हो, वह आई.सी.यू. में है..., वहाँ जाकर क्या करोगे, आपको मेरे परिवार का कोई सदस्य पहचानता तक नहीं है।"

"कोई बात नहीं, मैं ढूँढ़ लूँगा..., आप अपने किसी रिश्तेदार या भाई का नम्बर दे दो जो वहाँ हो, चिन्ता न करो मैं पहुँच जाऊँगा।" मैंने अपनी बात जारी रखते हुए फिर कहा—"यार, आदमी एक बार ख़ुशी के अवसर पर पहुँचे या न पहुँचे, लेकिन दुख में अवश्य मिलना चाहिए।"

मेरी बात सुनकर उसने अपने बड़े भाई पंकज का मोबाइल नम्बर मुझे दिया और अब असली और सच्ची बात भी बतायी—

"छोटे भाई के ऑफ़िस में उसके साथ काम करने वाली एक लड़की ने उसके भाई के ऊपर बलात्कार का आरोप लगाकर पुलिस में रिपोर्ट दर्ज करायी है, इसी 'टेंशन' में उसे 'हार्ट-अटैक' हुआ है।" कमलेश ने हिदायत देते हुए मुझसे कहा कि इस बात का ज़िक्र मैं उसके परिवार के किसी भी सदस्य से न करूँ। कुछ ही देर में मैं अस्पताल पहुँच गया था। कमलेश का भाई गहन चिकित्सा केन्द्र में न होते हुए वार्ड में था और वह अपने परिवार

के सदस्यों से सहज रूप से बात करने में लीन था। अपना परिचय देते हुए मैं वहाँ सभी से मिला। थोड़ी देर ठहरकर मैं वहाँ से चला आया था। कमलेश का बड़ा भाई पंकज मुझे छोड़ने कार पार्किंग तक नीचे आया था।

मैं पूरे रास्ते यही सोचता रहा कि यह सब माजरा क्या है? कमलेश मुझसे कुछ छिपा रही है। बलात्कार के केस में कहीं पुलिस उसके भाई को हवालात में बन्द न कर दे, इसलिए परिवार के सदस्यों ने जानबूझकर उसको 'अस्पताल में भर्ती' करवाया है। दूसरे दिन कमलेश ने ही फ़ोन पर बताया कि पुलिस ने (सरकारी) इरविन अस्पताल में उसके भाई का 'पोटेंसी टेस्ट' करवाया है और वह अपराधी सिद्ध हो चुका है और अब उसे तिहाड़ जेल भेजा जा चुका है। कमलेश से ही पता चला कि पीड़ित लड़की के पिता संसद भवन में एक चतुर्थ श्रेणी कर्मचारी हैं। अब यह स्पष्ट हो चुका था कि किसी संसद सदस्य के हस्तक्षेप के कारण ही ऐसी कार्रवाई हुई होगी।

इस घटना के बाद से कमलेश अब मुझसे खिंची-खिंची सी रहने लगी। वह मुझसे मिलती तो रही, लेकिन पहले की तरह प्रफुल्ल होकर बातें न करती। मैंने सोचा कि इसके भाई के साथ ऐसी घटना घटित हुई है, शायद इसी कारण से आहत होकर वह मेरे साथ ऐसा व्यवहार कर रही है। लगभग तीन महीने के बाद ही उसके भाई की जमानत हो सकी थी। इस घटना का सच्चा और पूरा विवरण मुझे मिल नहीं पा रहा था। जिस लड़की के साथ उसके भाई ने यह काण्ड किया था वह बालिग यानी पच्चीस वर्ष की है और दोनों की आपस की सहमति से ही यह सब हुआ है। कमलेश से ही ज्ञात हुआ कि उसका भाई और वह लड़की पिछले एक वर्ष से आपस में मिल-जुल रहे हैं और वैवाहिक बन्धन में भी बँधना चाहते हैं। वे दोनों अब तक आपस में छह बार से अधिक शारीरिक सम्बन्ध भी बना चुके हैं। इतना सब जानकर मैंने कमलेश से कहा कि फिर यह कोर्ट-कचहरी का चक्कर क्यों? इनकी आपस में शादी क्यों नहीं करा देते?

मेरी इस तरह की बातें सुनकर वह मौन साधकर रह जाती। मेरे बार-बार कहने और पूछने पर वह कहती—"विवाह के लिए मेरे परिवार के सदस्य तैयार नहीं हैं।"

"क्यों नहीं हैं..., जब लड़का और लड़की सहमत हैं तो क्या परेशानी है?" मैं पूछता तो वह चुप होकर रह जाती। उसकी बातों से लग रहा था कि उसका भाई तो उस लड़की से शादी करने को तैयार था, लेकिन परिवार के सदस्य आनाकानी करने में लगे हुए थे। मुझे कमलेश की भूमिका भी सन्दिग्ध लगने लगी थी। लड़की ने जब देखा होगा कि लड़के के परिवार के लोग विवाह के लिए तैयार नहीं हैं तभी उसने लड़के के ख़िलाफ़ इतना 'बोल्ड-स्टेप' उठाकर पुलिस में रिपोर्ट दर्ज करायी होगी। मैं ये कयास लगा ही रहा था कि एक रोज़ चर्चा के दौरान कमलेश की असलियत भी सामने आ गयी। उस दिन भृकुटि तानते हुए वह बोली थी–

"आप भी कमाल की बातें करते हो, हम किसी भी चूहड़ी-चमारी से अपने भाई की शादी कैसे कर दें भला..., हम राजपूत हैं राजपूत!" मेरी माँ या मेरे भाई किसी चूहड़ी-चमारी के आगे क्यों झुकें।"

"अच्छा, उस चूहड़ी-चमारी के साथ मुँह काला करते समय तुम्हारे भाई को लाज-शर्म नहीं आयी...।" अब मेरे स्वर में भी तेजी थी। मैंने अपनी बात को आगे बढ़ाते हुए फिर कहा–"कमलेश, ऐसी बातें आप कह रही हैं..., यह आपको शोभा नहीं देता, आप भी इतनी बड़ी 'कास्टिस्ट' हैं!" मैंने हैरानी व्यक्त करते हुए कहा था। उससे कुछ बोलते नहीं बना, तुनकते हुए बोली–

"हाँ ठीक है, मैं कास्टिस्ट ही सही।"

22 अप्रैल 2016 को कही कमलेश की बातें मेरे जिगर में नश्तर की तरह चुभ गयी थीं।

उसकी बेचैनी

यह घटना अप्रैल 2017 की है। मेरे गाँव के पास ही छर्रा क़स्बा है। इस कस्बे के मोहल्ला हलवाई-यान के पढ़े-लिखे दलित युवाओं ने एक भव्य 'अम्बेडकर-सदन' बनाने की नींव रखी है। मैं इसी कार्यक्रम में सम्मिलित होने के लिए नयी दिल्ली रेलवे-स्टेशन से ट्रेन द्वारा अलीगढ़ के लिए निकला था। यह ट्रेन नयी दिल्ली से चलकर सीधे गाज़ियाबाद के स्टेशन पर मात्र दो मिनट के लिए रुकी थी। मैं घर से ख़ाली पेट व बिना चाय पिये ही निकला था। मेरी नज़र 'प्लेटफार्म' पर खड़े चाय वाले पर पड़ी। वह लगातार आवाज़ लगाये जा रहा था–

"चाय, बाबूजी चाय, गर्मागर्म चाय..., चाय।"

मैंने उसे डिब्बे की खिड़की से पैसे पकड़ाते हुए एक चाय देने को कहा था। उसने मुझे कुल्हड़ भरकर चाय पकड़ायी थी। चाय का रंग देखकर मेरा माथा ठनका और सहज भाव से चाय वाले से कहा–

"भैया, चाय में दो बूँद दूध डाल देता तो तेरा क्या चला जाता?" चाय वाले ने मेरी बात सुनकर जो उत्तर दिया उसे सुनकर मुझे गुस्सा तो बहुत आया, लेकिन उसके कहने के अन्दाज़ को देखकर मैं हँसे बिना भी न रह सका। उसने अपना खोमचा व केतली सँभालते और बिना मेरी ओर देखे आगे बढ़ते हुए कहा था–"बाबू, दूध पीकर क्या सेहत बनायेगा...!"

रेलगाड़ी तीव्र गति से दौड़ी जा रही थी। दनकौर वैर, मारीपत, चोला रेलवे स्टेशन एक-एक कर पीछे छूटते जा रहे थे। रेलगाड़ी के जिस डिब्बे में मैं बैठा था, वहाँ आसपास बैठे यात्री देश की राजनीति और जातिवाद पर बड़ी गर्मजोशी से बहस कर रहे थे। मेरी बगल वाली सीट पर बैठा एक सूटेड-बूटेड बैठा व्यक्ति कह रहा था–

"अब इन भंगी-चमारों और ओ.बी.सी वालों को पता चलेगी अपनी असली औक़ात..., इनकी आँखों पर जो चर्बी चढ़ गयी थी वह अब धीरे-धीरे पिघलनी शुरू हो जायेगी।" उसने अपना गला खँखारते हुए अपनी बात जारी रखी–"अब सभी हिन्दू जाग्रत हो गये हैं, उनमें अपने धर्म व मान-सम्मान के प्रति चेतना जाग्रत हो चुकी है..., देखा, उत्तर-प्रदेश में एक ही झटके में मायावती और अखिलेश यादव को राजनीति के क्षेत्र में कैसी पटखनी दी है, दोनों ही औंधे मुँह गिरे हैं और दोनों को ही दिन में तारे दिखा दिये।"

"अजी पूछो मत, चूहड़े-चमारों को तो छोड़ो हरेक यादव अपने आपको प्रदेश का मुख्यमन्त्री समझने लगा था..., ससुरे ये ओ.बी.सी. वाले दूधिये अपने को क्षत्री वंश का कहलाने लगे थे, ये अपनी औक़ात ही भूल गये थे..., हमारे योगी जी ने मुख्यमन्त्री बनते ही सबसे पहले लखनऊ का मुख्यमन्त्री निवास गौमूत्र व गंगाजल से धोकर पवित्र कराकर यादवों को अपनी असली पहचान याद करा दी..., चले थे ग्वाले क्षत्री बनने!" सामने वाली सीट पर बैठा एक तिलकधारी लगातार बोले जा रहा था।

"पूरे देश को बर्बाद करके रख दिया है इन ओ.बी.सी. और दलित कहे जाने वाले नेताओं ने..., जातिवाद का ऐसा ज़हर घोल दिया है कि पूरे देश को जाति के नाम पर बाँट दिया है।" सूटेड-बूटेड व्यक्ति ने रूमाल से अपनी ऐनक साफ़ करते हुए कहा था।

मैं समाचार-पत्र पर निगाहें गड़ाये हुए था। लेकिन मेरे कान उनकी बातों की ओर लगे हुए थे। बात करते-करते उस सूटेड-बूटेड व्यक्ति ने मुझसे समाचार-पत्र माँगते हुए कहा–"जनाब, आपने समाचार-पत्र पढ़ लिया हो तो मैं इसे देख सकता हूँ।"

मैंने पूरा समाचार-पत्र तो उसे नहीं दिया, हाँ, बीच के दो पन्ने उसे पकड़ाते हुए पूछा–"कहाँ तक जायेंगे आप?"

"टूण्डला तक।" उसने अख़बार के पृष्ठ पकड़ते हुए कहा था।

मैंने फिर से अपनी आँखें समाचार-पत्र पर टिका दी थीं। वह भी कुछ समय के लिए अख़बार के पन्नों में खो गया। थोड़ी देर की निःशब्दता को तोड़ते हुए वह मुझसे बोला–"...देश के दलितों की तो आरक्षण की समस्याएँ सुलझ न सकीं, अब देश के नेताओं ने ओ.बी.सी. को आरक्षण देकर देश

के सामने एक नयी समस्या और खड़ी कर दी।" बात करते-करते उसने अपना नाम विपिन चन्द्र शर्मा बताया और मुझसे भी मेरा नाम पूछा। मैंने यह सोचकर कि नाम जानने के बाद यह मेरी जाति भी अवश्य पूछेगा सो मैंने अपना नाम बताने के साथ-साथ कहा कि मैं दलित समाज से सम्बन्ध रखता हूँ। मेरी बात सुनकर अब वह विपिन चन्द्र शर्मा सँभलकर और थोड़ा सतर्क होकर बैठ गया था। मैं उसके द्वारा अब तक कही बातें सुनकर उसकी विचारधारा से पहले ही अवगत हो गया था। इसीलिए मैंने उससे ज़्यादा बातें करना उचित नहीं समझा। लेकिन वह बैठा-बैठा कसमसाता रहा और बातचीत करने के बहाने ढूँढ़ता रहा। वह अख़बार के पृष्ठ मुझे वापिस करते हुए बोला–

"...भारत सरकार की मति मारी गयी है, अभी दलितों के आरक्षण का मसला तो पूरी तरह से सुलझा नहीं, ओ.बी.सी. बीच में और आ टपके..., अब ये ओ.बी.सी. दलितों के आरक्षण में से हिस्सा माँगने लगे हैं।"

"नहीं शर्मा जी, उनकी समस्या अलग है और उनका आरक्षण भी 'मण्डल-कमीशन' के अन्तर्गत आता है..., दलितों के आरक्षण से उनका कुछ लेना-देना नहीं है।" मैंने संक्षेप में ही उसे समझाने का प्रयास किया था। मेरी बात सुनकर पहले तो उसने मुझे मिचमिची आँखों से ऊपर से नीचे तक निहारा। वह समय रहते ही मुझे जान गया था कि मैं कोई आम या साधारण व्यक्ति नहीं हूँ। देश में पसरी जाति-व्यवस्था को लेकर जानकारी रखता हूँ। लेकिन उसके अन्दर तो बेचैनी अब भी बनी हुई थी। चोला और खुर्जा रेलवे स्टेशनों के बीच में वह ट्रेन के अन्दर चार बार 'टॉयलेट' के चक्कर भी काट आया था। बेचैनी के मारे उसका बुरा हाल था।

उसकी बेचैनी मैं अच्छी तरह से समझ रहा था। उसकी क्या, इस देश के सभी ग़ैर-दलितों का यही हाल है, जब-तक सामने वाले की जाति का पता न चल जाये तब तक ऐसी बेचैनी बनी ही रहती है। आख़िरकार, अब उसके सब्र का बाँध टूट चुका था। उसने मुझसे पूछ ही लिया–

"आप दलित तो हैं, लेकिन आपकी जाति क्या है?"

"वाल्मीकि अर्थात् भंगी हूँ मैं।" मेरे स्वर में तेज़ी थी।

मेरी सीधी और सपाट बात सुनकर वह एक बार को परेशान-सा हो उठा। उससे कुछ बोलते नहीं बन पा रहा था। वह दाँत निपोरते और झेंपते हुए बोला—

"आप बुरा मान गये..., मैंने तो बस ऐसे ही पूछ लिया।"

"आप बड़ी देर से परेशान थे, आपकी बेचैनी आपके चेहरे पर साफ़ झलक रही थी..., सचमुच में मैं वाल्मीकि समाज से हूँ।" मैंने उससे कहा।

थोड़ी देर की चुप्पी के बाद विपिन चन्द्र शर्मा ने फिर ब्रह्मबाण से मेरी ओर निशाना साधा—"देखो, इस देश के चमार दलित होते हुए भी तुम्हारी जाति के लोगों से कितना भेद-भाव, ऊँच-नीच व छुआछूत की भावना रखते हैं..., रोटी-बेटी का सम्बन्ध तो दूर आपकी जाति के लोगों को ये लोग साथ उठाते-बैठाते तक नहीं हैं, शादी-ब्याह तक में नहीं बुलाते, उलटा हर समय दुरदुराते रहते हैं..., ये चमार हमारे साथ तो उठने-बैठने या हमारी बराबरी करने की पूरी कोशिश करने में लगे रहते हैं, लेकिन आप लोगों के संग बैठने में एतराज़ ज़ाहिर करते हैं और नाक-भौंह सिकोड़ते हैं।"

"शर्मा जी, आप सही कह रहे हो, जब हमारी जाति के लोग चमार समाज के लोगों की अच्छी बातों को मानते ही नहीं, उनके बताये मार्ग पर चलते ही नहीं..., उनके समझाने पर भी हमारी जाति के लोग अपने बच्चों को पढ़ाते-लिखाते तक नहीं तो चमार भी क्या करें, वे हमसे दूरी बनाकर ही रखेंगे और दुरदुरायेंगे भी।" मैंने अपनी बात जारी रखते हुए फिर कहा—"वाल्मीकि बिरादरी के लोग हमेशा से आप लोगों अर्थात् ठाकुर-बाभनों की बातें मानते आये हैं और तुम्हारे गू-मूत उठाने के साथ-साथ आज तक भी तुम्हारी क़ौमों की गुलामी कर रहे हैं..., जब आप अभी तक हमारे संग खा-पी नहीं सकते तो भला चमार हमारे साथ क्यों खायेंगे-पीयेंगे.., ठाकुर-बाभनों का पहला कर्तव्य बनता है कि सबसे पहले वे हमारे साथ रोटी-बेटी का सम्बन्ध स्थापित करें क्योंकि हमेशा से वाल्मीकि समाज ने आपकी सेवा की है...। वह अपना मुँह खोले कि उससे पहले ही मैं फिर बोला—"...बजरंग दल, विश्व हिन्दू परिषद् व शिवसेना जैसी तुम्हारी बनायी संस्थाओं में वाल्मीकि युवाओं की आप लोगों ने फ़ौज खड़ी कर रखी है, एरिया-कमाण्डर, क्षेत्रीय अध्यक्ष, ज़िला-अध्यक्ष, प्रदेश-अध्यक्ष और

न जाने कैसे-कैसे पद वाल्मीकि युवाओं को देकर उन्हें गुमराह किया हुआ है..., मन्दिर-मस्जिद के झगड़े में उन्हें ही आगे करके मरवा देते हो, कितने चतुर और चालाक हैं इस देश के ब्राह्मण..., किसी एक भी चमार का नाम तो गिनाओ जो इन हिन्दूवादी संस्थाओं का सदस्य हो...।" मैं तेज़ स्वर में लगातार बोले जा रहा था।

अलीगढ़ स्टेशन आता और मैं उतरता, उससे पहले ही विपिन चन्द्र शर्मा मुँह बिचकाता और मुझे लाल-लाल आँखों से घूरता हुआ मेरे बगल की सीट से उठकर दूर जा बैठा था।

❑❑